MARIE
DE LA BRUYÈRE

Ursa Major

Das Glitzern der Wellen

novum pro

Bibliografische Information
der Deutschen Nationalbibliothek:

Die Deutsche Nationalbibliothek
verzeichnet diese Publikation in
der Deutschen Nationalbibliografie.
Detaillierte bibliografische Daten
sind im Internet über
http://www.d-nb.de abrufbar.

Alle Rechte der Verbreitung,
auch durch Film, Funk und Fernsehen,
fotomechanische Wiedergabe,
Tonträger, elektronische Datenträger
und auszugsweisen Nachdruck,
sind vorbehalten.

Gedruckt in der Europäischen Union
auf umweltfreundlichem, chlor- und
säurefrei gebleichtem Papier.

© 2024 novum Verlag

ISBN 978-3-99146-990-2
Lektorat: LH
Umschlagfoto: James Group
Studios, Inc. | Dreamstime.com
Umschlaggestaltung, Layout & Satz:
novum Verlag

www.novumverlag.com

Inhaltsverzeichnis

1. Letzter Ritt 7
2. George 15
3. Die Geisel 22
4. Dunkelheit 25
5. Der Schuss 30
6. In der Kammer 33
7. Auf dem Schiff 41
8. Die Flucht 45
9. Decksarbeit 51
10. Aran 56
11. Auf der Mars 61
12. Eklat 67
13. Weinkauf 71
14. Angeschossen 79
15. Erwachen 84
16. Das Duell 90
17. Flaute 99
18. Sturm 106
19. Relingsgespräche 114
20. Der Überfall 122
21. Rons Beisetzung 133
22. Francis 136
23. Port-au-Prince 142
24. Der kleine Vogel 153

1. Letzter Ritt

Über die Nacht hatte sich das Wetter verschlechtert. Den ganzen Tag lang schien der Regen nicht aufhören zu wollen und Diane befürchtete schon, auf ihren letzten Ausritt verzichten zu müssen. Die Nähe zu den Pferden war eine der wenigen Freuden, die ihr geblieben war, nun wollte George ihr auch das noch nehmen. Ihr häufiger Aufenthalt in den Ställen und der lockere Umgang mit den Stallburschen waren nicht standesgemäß und schon gar nicht war es ihre Gewohnheit, in Männerkleidung zu reiten. An den Damensattel hatte sie sich nie gewöhnen können. Generell betrachtete Diane die sperrigen Frauenkleider als Bewegungsverhinderungspanzer, der es unmöglich machte, zu rennen, springen und durch die Gegend zu streifen. In ihren Augen dienten sie nur dazu, Frauen vom aktiven Leben fernzuhalten. Deshalb hatte sie sich Hosen und ein Hemd auf ihre Maße schneidern lassen.

Auf Pferderücken war sie glücklich und wenigstens beim Reiten wollte sie sich frei fühlen, frei von den Zwängen der Etikette. Aber auch damit sollte es nun vorbei sein.

Am Nachmittag ließ der Regen endlich nach. Rasch schlüpfte Diane in ihre Reitkleider und eilte zum Stall, der abseits des Hauses verborgen unter einigen alten Buchen lag.

Joel, der Stallmeister, kam ihr im Hof entgegen. „Madame, es tut mir so leid, Sie wissen sicher schon, dass Duke und Belle verkauft wurden. Mr. Ballister holt sie morgen ab." Mr. Ballister war der Pferdehändler, Diane sollte also nicht einmal erfahren, in welche Hände ihre Pferde geraten würden. Joel fühlte mit ihr, das war offensichtlich, aber ebenso wie Diane, war er machtlos gegen den Willen des Hausherrn. Sein Ton war familiärer, als es sich für einen Dienstboten geziemte, aber ihr war das recht so. Er teilte ihre Liebe zu Pferden und war einer der Wenigen, zu denen sie Vertrauen hatte und Zuneigung empfand.

„Joel, ich bin ganz verzweifelt, ich kann aber nichts dagegen unternehmen. Heute will ich zum Abschied wenigstens noch einen langen Ausritt machen."

Mit Tränen in den Augen holte sie ihre beiden Pferde aus den Boxen. Zutraulich legte Duke seinen Kopf auf Dianes Schulter und schnaubte entspannt. Mit ihren Armen umfing sie seinen Hals und nahm die Wärme des großen Tieres in sich auf. Morgen würde er ebenso wie Belle in den Händen fremder Menschen sein, die Vorstellung der Leere im Stall war für sie kaum zu ertragen.

Sorgfältig striegelte sie ihr glänzendes Fell, kämmte Mähne und Schweif, kraulte die Tiere zwischen den Ohren und sprach mit ihnen. Beide waren ihr zugetan, und ließen die Prozedur genüsslich über sich ergehen.

Diane hatte sich vorgenommen, heute ihre temperamentvolle Fuchsstute Belle zu reiten, die sie besonders liebte. Ihr Galopp war wie Fliegen, mit ihr wollte Diane am liebsten davonfliegen und nie wiederkehren.

Joel hielt die Stute am Zügel, während Diane aufstieg, er wünschte ihr einen schönen Ritt, als sie den Hof verließ.

Die Luft war feucht und roch nach Laub und Humus. Diane sog genießerisch ihre Lungen voll, während die Zweige, an denen noch Tropfen hingen, nass ihre Wangen streichelten. Die dicke Wolkendecke ließ wenig Licht durch und es schien zu dämmern, obwohl die Sonne an diesem Augustnachmittag noch hoch über dem Horizont stand. Im Schritt ritt sie den sandigen Weg entlang, der durch ein Wäldchen zum Strand führte. Um sie herum war es still bis auf das Geräusch der schweren Tropfen, die von den Blättern zur Erde fielen.

Das Pferd schritt am langen Zügel fleißig voran und schnaubte von Zeit zu Zeit. Die Hufe gaben ein schmatzendes Geräusch von sich, wenn sie im nassen Boden ein Stück versanken. Zwischen den Bäumen war es fast dunkel, aber am Ende des Pfades, wo sich der Wald lichtete, schimmerte das Meer zwischen den Stämmen. Unter den Pferdehufen wurde der Boden immer fester, und die frische Meeresluft verdrängte den Duft der Blätter. Ein Gefühl von Freiheit kam in Diane auf. Sie liebte die Gerüche, den Wind, und die Einheit, die sie mit dem Pferd verband. Der warme Körper des Tieres zwischen ihren Beinen und die kühle Meeresbrise, die ihr nun kräftig ins Gesicht wehte, zeigten ihr, heute zum letzten Mal, dass sie noch lebte.

Nachdem sie den Wald hinter sich gelassen hatte, hielt sie die Stute an und stieg ab. Hier versperrte eine Klippe den direkten Zugang zum Strand. Diane streifte den Zügel über die Ohren ihres Pferdes und ließ es grasen, während sie sich auf einen Felsen setzte und in die Weite des Ozeans blickte. Oft war sie in der Vergangenheit hier gesessen, nie dabei einem Menschen begegnet. Jeden Tag zeigte das Meer ein anderes Gesicht, manchmal freundlich, glatt und blau, heute aber grau und aufgewühlt, mit Wellen, die sich geräuschvoll am Ufer brachen. Über das Wasser schweiften ihre Gedanken in die Ferne, frei und ungehindert zu fernen Horizonten. Im Vergleich dazu erschienen die Enge und Aussichtslosigkeit ihres Lebens auf Fonteyn House noch erdrückender. ‚Kein Lichtstreif am Horizont', als ihr dieser Spruch in den Sinn kam, musste sie beim Anblick des goldenen Streifens Sonnenlicht zwischen Himmel und Meer fast lächeln.

Um nicht vollends in ihren düsteren Gedanken zu versinken, stieg sie rasch wieder auf ihr Pferd und schlug den steilen Pfad hinunter zum Strand ein. Im lockeren Sand rutschte Belle mehr auf ihrer Hinterhand, als dass sie schritt. Diane gab die Zügel nach und entlastete die Vorhand, indem sie sich nach hinten lehnte und sich der Trittsicherheit ihrer Stute anvertraute.

Schließlich erreichten sie den festen Boden am Meeressaum. Kein Mensch war zu sehen. An diesem kühlen und feuchten Nachmittag wollten die Wenigsten ihre trockenen Häuser verlassen. Die Illusion, allein auf der Welt zu sein, beflügelte sie. Keine Kontrolle, kein Getuschel hinter ihrem Rücken, all das war weit weg, vor ihr lag ein Stück grenzenloser Freiheit. Da, wo die Sonne hinter den Wolken verschwunden war, zog sich nun ein schmaler türkisfarbener Streifen über den Horizont. Die Brise ließ die Mähne des Pferdes flattern, wie ein Lebenshauch umfing sie der frische Wind.

Zu ihrer Rechten dehnte sich der Sandstrand so weit sie sehen konnte. Als Diane vorsichtig die Zügel aufnahm, begann

Belle nervös zu trippeln, denn jetzt kam die gewohnte Galoppstrecke. Diane brauchte nur leicht die Zügel nachzugeben, und schon schoss das Tier mit langen flachen Sprüngen über den festen Sandstreifen zwischen Wasser und Dünen.

Diane stand in den Bügeln, ihr Gesicht berührte fast die spitzen Ohren vor ihr, sie flüsterte: „Ruhig, ruhig!" Die Geschwindigkeit, der Wind in ihren Haaren raubten ihr beinahe den Atem. Gleichmäßig hämmerten die Hufe über den Boden und ließen den Sand aufspritzen.

In der Ferne versperrte ein Felsen den Strand. Die Stute verlangsamte allmählich von allein ihren wilden Lauf. Nun lenkte Diane ihr Pferd wieder im Schritt durch die Dünen zwischen das Gestrüpp landeinwärts. Hier war der Sand locker und tief. Die Hufe hatten Mühe, im nachgebenden Boden Halt zu finden. Das Fell des Pferdes fühlte sich feucht an und die Adern traten deutlich unter der warmen gut durchbluteten Haut hervor. Diane sog den Duft des Schweißes tief ein. Sie fühlte sich glücklich, als sie den Rücken des schwer arbeitenden Tieres entlastete, und klopfte seinen angespannten Hals.

Plötzlich riss die Stute den Kopf hoch, beinahe hätte der Mähnenkamm Diane mit voller Wucht ins Gesicht getroffen. Eine Gestalt war hinter einem Baum hervorgesprungen und griff nach dem Zügel. Von beiden Seiten sprangen weitere Schatten aus der Dämmerung und versperrten ihr den Weg. Völlig überrascht bohrte Diane ihre Absätze in die Flanken und riss das Tier herum. Belle bäumte sich auf, befreite sich vom Griff am Zügel und lief in mühsamen Sprüngen durch den tiefen Sand zurück zum Strand. Als die Stute wieder festen Boden unter den Hufen hatte, stürmten weitere dunkle Gestalten aus dem Schatten eines Felsens auf sie zu. Das Pferd erschrak und scheute plötzlich zur Seite, Diane verlor den Halt und stürzte in den Sand.

Ein Mann warf sich über sie und versuchte, sie unter seinem Gewicht niederzudrücken. Blitzschnell rollte Diane zur Seite, es gelang ihr, auf die Beine zu kommen und einige Schritte vorwärts zu stolpern, als gleichzeitig von der Seite mehrere Gestalten über sie herfielen. Ein harter Griff brachte sie erneut aus dem Gleichgewicht. Sie kämpfte, trat und schlug wild um sich, hatte jedoch gegen die Kraft der Angreifer keine Chance. Ihr Gesicht wurde niedergedrückt, zwischen den Zähnen knirschte der Sand, Sand brannte in ihren Augen, sie fürchtete, im Sand zu ersticken. Sie konnte sich nicht mehr bewegen, ein Knie bohrte sich in ihren Rücken, über ihren Beinen lag das Gewicht eines Körpers, ihre Arme wurden nach hinten gerissen und ein rauer Strick schlang sich um ihre Handgelenke.

Das Ganze spielte sich fast lautlos ab, nur Keuchen und Stöhnen waren zu hören. Sie lag jetzt auf dem Boden, und hatte ihren Widerstand aufgegeben.

Zum ersten Mal hörte sie eine Stimme: „Was ist mit dem Pferd?" „Schieß es ab", war die Antwort. Diane bäumte sich auf, wollte schreien, doch nur ein Krächzen drang aus ihrer Kehle. Ein Knall und dann das Trommeln sich entfernenden Galopps waren zu hören. Hysterisches Lachen schüttelte Dianes Körper.

„Wir müssen weg, bald wimmelt es hier von Suchtrupps", war von einer der Stimmen zu vernehmen.

Zwei Männer rissen sie auf und zerrten sie zum Wasser. Ihre Knie gaben nach, sie sackte zusammen. Wollte man sie umbringen? Sie war zu erschöpft, um sich weiter zu wehren, empfand in dem Moment aber auch keine Angst. Übermächtig war allein das Gefühl des Nichtverstehens. Was geschah hier und wer war das?

Nun wurde sie getragen, grobe Hände zerrten an ihrem Körper, vergeblich suchten ihre Füße Halt.

Plötzlich spritzte Wasser. Sollte sie ertränkt werden wie eine Katze? Wilde Panik überkam sie. Sie wollte schreien, brachte aber keinen Ton aus ihrem weit aufgerissenen Mund heraus. Erneut wehrte sie sich mit aller Kraft, aber zu viele Arme hielten sie fest. Warum sollte sie hier so sinnlos sterben? Durch die Hände von Menschen, die sie nicht kannte, unter Wasser gedrückt, bis sie nicht mehr zappelte?

Sie wurde emporgehoben und landete unsanft auf den harten Brettern eines Bootes. Sie spürte das Schwanken, als ihre Entführer zustiegen. Dann wurde sie an den Schultern hinaufgezogen und an die Bordwand gelehnt. Sie war fast besinnungslos, der Vorgang hatte etwas so Surreales, dass sie ihre Gedanken nicht in den Griff bekam.

Inzwischen war es nahezu dunkel, der helle Streifen am Himmel hatte eine tiefblaue Farbe angenommen. Niemand sprach ein Wort, nur das Knarren der Riemen in den Dollen und das leise Keuchen der Ruderer waren zu hören. Ausgeliefert und orientierungslos hatte Diane jedes Zeitgefühl verloren. Fuhren sie seit Stunden oder erst Minuten über das Wasser? Sie konnte es nicht sagen. Lediglich ein tiefblauer Streifen da, wo die Sonne untergegangen war, zeigte ihr, dass die Abenddämmerung fortgeschritten war. Mit ihrer Zunge versuchte sie, den Sand aus ihrem Mund zu befördern, während die Fesseln schmerzhaft in ihre Handgelenke schnitten.

Vorsichtig hob sie die Augen und erblickte über sich die dunkle Silhouette eines Mannes, der den Kopf abgewendet hatte und gespannt auf das Meer hinausschaute Sie folgte seinem Blick und sah in den Lücken zwischen den Wolken Sterne funkeln. Im Mondlicht erschienen helle Segel vor dem Horizont und wuchsen rasch empor. Das Schlagen des Segeltuches war bereits zu hören, und schon bald überragte sie der schwarze Schatten eines großen Schiffsrumpfes.

Ein Ruf ertönte neben ihr und wurde von Bord beantwortet. Um sie entstand leichte Unruhe und ein weicher Stoß signalisierte, dass das Boot angelegt hatte. Diane wurde emporgehoben, ihre Fesseln durchschnitten. Sie versuchte, auf den schwankenden Planken Halt zu bewahren, knickte jedoch immer wieder ein. Zwei Arme zerrten sie voran, bis sie am dunklen Rumpf vor sich ein Fallreep sah. Sie sollte da hinaufklettern, das war ihr klar, aber ihre Glieder gehorchten nicht, ihre Hände griffen nicht, und ihre Knie trugen sie nicht. Bisher war noch kein Wort gesprochen, da hörte sie: „Lass eine Leine runter." Sogleich spürte sie, wie das Seil um ihre Brust verknotet und sie langsam nach oben gehievt wurde. Sie klammerte sich fest, wurde geschoben und gezogen, bis sie wieder den Himmel erblickte. Zwei Männer griffen nach ihr, hoben sie über die Reling und legten sie vorsichtig auf das trockene feste Deck.

Sie schloss die Augen und vernahm nur die Schritte um sich herum auf den Schiffsplanken, leises Murmeln, bis sie wieder von kräftigen Armen ergriffen und auf die Beine gestellt wurde. Auf beiden Seiten unterstützt, schwankte sie vorwärts, bis sich plötzlich eine gähnende Schwärze vor ihr auftat, die sie zurückschrecken ließ. Der dunkelblaue Himmel, die Sterne verschwanden und sie wurde von der Finsternis verschluckt. Sie stolperte eine steile Stiege hinunter, eine Gestalt führte sie und stützte sie, wenn sie über den Boden des Schiffsbauchs stolperte. Ihnen folgte jemand mit einer Laterne, die gespenstische Schatten an den Wänden aufflackern ließ.

Sie wurde auf einen Balken gesetzt, etwas Kaltes schloss sich um ihr Fußgelenk. Dann entfernten sich die Schritte mit dem Licht, das blaue Viereck, durch das sie hereingekommen war, verschwand. Mit weit aufgerissenen Augen versuchte sie erfolglos, einen Lichtstrahl zu erspähen, aber auch bei größter Anstrengung konnte sie rein gar nichts sehen. Sie war gefangen in einem Albtraum, schwebend in undurchdringlicher Finsternis. In der Dunkelheit erschienen die Geräusche an Deck intensiver, das Knarren des Holzes, Schritte, Stimmen, der helle Pfiff einer Pfeife, und plötzlich, lauter, ertönten Kommandos. Eiliger dröhnten die Schritte über ihrem Kopf, dann das ohrenbetäubende Rasseln der Ankerkette, mit einem leichten Ruck neigte sich das Schiff. Nur eine Handbreit entfernt von ihr, lediglich getrennt durch die Schiffswand, rauschte das Wasser. Sie waren auf Fahrt.

Das Schiff hatte sich in Bewegung gesetzt, mit ihr als Gefangene.

Eine unermessliche Müdigkeit überkam sie, sie glitt von dem Balken, der ihr als Sitzplatz diente hinunter und blieb erschöpft auf den harten Brettern liegen.

Mit einem leisen Schrei schreckte Diane hoch. Stille und Dunkelheit umgaben sie. Sie ertastete ihre schmerzende Lippe, sie war dick und geschwollen, und überall spürte sie noch den Sand. Er knirschte zwischen den Zähnen, der Mund so trocken, dass Schlucken nicht möglich war. Unsäglicher Durst plagte sie. Als sie versuchte, den Sand aus ihrer Kleidung zu streifen, klirrte bei jeder Bewegung leise die Kette, die ihren rechten Knöchel umfing. Sie versuchte, ihre Gedanken zu ordnen, die Erinnerung an die letzten Ereignisse geisterte durch ihren Kopf wie die Bruchstücke eines Traumes. Nur langsam gelang es ihrem Verstand, das Geschehene zu erfassen. Sie war entführt worden und befand sich auf einem Schiff.

Vorsichtig setzte sie sich auf. Ihre Gliedmaßen waren steif und jede Bewegung schmerzte. Der Boden bestand aus rohen Brettern und sie lehnte an einem dicken Balken, dessen Ende sie in beiden Richtungen nicht ertasten konnte. Die Kette um ihren Fuß war nicht besonders schwer, ihr war aber sofort klar, dass es ihr niemals gelingen würde, sie zu durchbrechen. Sie zog daran, bis sie sich spannte und richtete sich daran auf. Das Schiff lag ruhig im Wasser, und dennoch gelang es ihr zunächst kaum, das Gleichgewicht zu halten. Sie tastete sich an ihrer Fessel entlang, bis sie deren Anfang erreichte. Sie war wenige Fuß lang und locker um einen mächtigen runden Holzpfosten geschlungen, den sie mit ihren Armen kaum zur Hälfte umfassen konnte, wahrscheinlich der Fuß eines Mastes. Beim Versuch, den Mast zu umrunden, stolperte sie über etwas Weiches, Raschelndes, das auf dem Boden lag. Sie ertastete einen Strohsack, über den eine Wolldecke gebreitet war. Man hatte ihr ein Lager bereitet.

Mit jeder Bewegung bekam sie ihren Körper besser in den Griff. Ihr Herz schlug zwar noch wie rasend und ihre Hände fühlten sich eiskalt und feucht an, aber ihre Knie hatten aufgehört zu zittern, und sie stand jetzt aufrecht, ohne zu schwanken. Die absolute Finsternis jedoch machte ihr zu schaffen. Sie hatte ihre Augen so weit aufgerissen, dass sie schmerzten, und dennoch konnte sie nicht den geringsten Lichtstrahl wahrnehmen.

Sie setzte sich auf den Strohsack, legte das Gesicht in die Hände und versuchte, nachzudenken. Warum ein Schiff? Was hatte man mit ihr vor? Die Antwort kam wie ein Schlag. Plötzlich war ihr die Lage völlig klar, sie wusste, wo sie sich befand und warum. Gleichzeitig wusste sie, dass es für sie keine Hoffnung gab.

2. George

Nur wenige Stunden war es her, eine andere Welt, eine andere Zeit. Sie stand am oberen Ende der breiten Treppe und blickte auf die Gesellschaft unter ihr. Neugierige Augen wandten sich ihr zu, als sie langsam hinunterstieg. Mit jedem Schritt wurde die Luft schwüler, und der schwere Duft, der von den Gästen ausströmte, füllte ihre Lungen wie eine nahrhafte Brühe. Im Raum war es stickig und heiß, dennoch blieben die großen Flügeltüren zum Schutz der nackten Schultern und tiefen Dekolletés geschlossen.

Diane griff nach einem Glas Champagner, wenigstens dieses Getränk vermittelte die Illusion von Frische.

Im Dinner-Saal von Fonteyn House hatte sich die feine Gesellschaft von Dartmouth und Umgebung versammelt, und George hatte weder Geld noch Mühe gescheut, um seiner Selbstdarstellung den würdigen Rahmen zu geben. Diane stand allein am Fenster und war froh, keines dieser öden Gespräche führen zu müssen. Vor allem, da ihr die Neuigkeit, um die sich zurzeit alles drehte, besonders zuwider war.

Von weitem sah sie zwei ältere, hagere Gestalten zielstrebig auf sich zusteuern, vergeblich wandte sie den Blick ab auf der Suche nach einem Fluchtweg. Lady Carnavon und Mrs. Huntington hegten keineswegs Interesse oder Sympathie für ihre Person, das wusste sie. Es war allein die Begierde, neue Details über Georges Heldentat zu erfahren, die sie das Gespräch mit ihr suchen ließen. Diane erfuhr immer sehr schnell, was über sie geredet wurde. ‚Gute Freunde' hatten es allzu eilig, ihr alles Geschwätz zu hintertragen. Deshalb war sie bestens darüber informiert, wie wenig sie in den vornehmen Kreisen von Dartmouth akzeptiert wurde. Dafür missachtete sie zu viele Regeln. Sie hatte sich bemüht, hatte Empfänge zum Tee für die Damen gegeben, wollte mit ihnen ins Gespräch kommen, konnte auf Dauer jedoch das gezierte Getue nicht ertragen und reagierte auf die üblichen verlogenen Schmeicheleien oder das bösartige Getratsche schließlich mit Gleichgültigkeit oder schroffer Ablehnung. Andererseits stieß sie mit ihrer spontanen ungekünstelten Art auch auf völliges Unverständnis. Es war, als spräche man verschiedene Sprachen. Die Folge war, dass Diane in ihrem Umfeld keinen einzigen Menschen hatte, dem sie vertraute und mit dem sie sich einigermaßen verstand. Schon gar nicht mit den zwei Damen, die inzwischen bei ihr angelangt waren.

„Ach, liebste Diane," begann Lady Carnavon, „erzählen Sie uns doch noch weitere Einzelheiten über die Gefangennahme dieses Piraten, man sagt, Sie hätten ihn gesehen." Diane hatte den Kerl tatsächlich gesehen, als man ihn in die Festung einlieferte. Ein dunkelhaariger noch recht junger Mann, käseweiß im Gesicht vom Blutverlust aufgrund seiner Verletzung, der eher geschleift wurde, als dass er selbst gehen konnte. Gefährlich hatte er nicht ausgesehen, und Diane hatte etwas wie Mitleid empfunden, obwohl er und seinesgleichen seit einigen Wochen die ganze Küste unsicher machten, was zur Folge hatte, dass sich kaum noch ein Schiff aus dem Hafen wagte. Für viele der anwesenden Gäste war dadurch erheblicher wirtschaftlicher Schaden entstanden, weniger durch direkte Aktionen der Piraten als durch das nahezu vollständige Erliegen jeglichen Seehandels in der Region. Es war ein einziges Schiff, dem es gelungen war, die Gegend in Atem zu halten. Seit Menschengedenken hatten in diesem Teil Englands keine Piraten mehr ihr Unwesen getrieben, deshalb fehlten auch alle Mittel zu ihrer Abwehr. Ihr Anführer, ein irischer Verbrecher, erschwerte die Verfolgung zusätzlich dadurch, dass kein Coup dem anderen glich und dass er nach vollbrachter Tat jedes Mal spurlos verschwand. Er war über die Verhältnisse in Devon bestens informiert und musste Beziehungen zur Bevölkerung haben, war aber nicht zu fassen. Glitschig wie ein Aal entkam er, ohne jemals Spuren zu hinterlassen.

Der Entdeckung seines Verstecks war George als verantwortlicher Gouverneur jetzt einen guten Schritt nähergekommen, und er kostete den Ruhm seiner Tat weidlich aus.

„Es tut mir leid, Lady Sophie, aber ich weiß auch nicht mehr zu erzählen, als mein Mann es schon den ganzen Nachmittag tut. Sehen Sie, er gibt den Bericht schon wieder zum Besten, ich würde Ihnen empfehlen, sich an ihn zu wenden." Sie wies auf eine Gruppe von Leuten neben dem Kamin, aus deren Mitte Georges überdrehte Stimme bis zu ihr durchdrang.

George Fonteyn hatte zur Feier seines Erfolgs gegen die Piraten eingeladen. Er, der den Banditen festgenommen hatte, war der Held des Tages. Diane hatte die Geschichte schon bis zum Erbrechen gehört. Die Piraten hatten sich nachts, als alle militärischen Kräfte sich in der neu ausgerüsteten Kriegsflotte im Hafen von Dartmouth konzentriert hatten, mit Booten in das Warenlager von Lord Huntington in Brixham geschlichen, sie hatten die Wachen lautlos überwältigt und seelenruhig die Ladung Elfenbein und Seide, die kürzlich aus Indien eingetroffen war, in ihre Barkasse verfrachtet. Als sie damit beinahe fertig waren, überraschten George und einige seiner Soldaten zufällig die Plünderer. Die Folge war eine wilde Schießerei in der Dunkelheit, in der niemand jemanden erkennen konnte, und als deren Ergebnis zwei Verletzte auf der Kaimauer zurückblieben: Einer der Soldaten und der Pirat, der jetzt in Georges Verlies einem bösen Schicksal entgegenblickte. Das Piratenschiff, das vor der Küste auf die Boote gewartet hatte, nahm beim Vernehmen der Schüsse Kurs auf den Hafen, um Männer und Beute schnellstens an Bord zu holen. Dabei geriet es jedoch in die Reichweite der Küstenbatterien, die trotz der schlechten Sicht mit dem dreizehnten Schuss einen Treffer landen konnten. Das Schiff schien ernsthaft beschädigt, denn die Soldaten konnten vom Fort aus erkennen, dass es beim Davonsegeln Schlagseite aufwies.

Der Gefangene in Georges Händen war nun Gold wert, denn er kannte das Versteck, von dem aus der Pirat seine Coups startete, und wusste, wo das havarierte Schiff jetzt liegen musste. Es war also ein Wettlauf mit der Zeit, den Verletzten zum Sprechen zu bringen, bevor der Dreimaster, notdürftig repariert, wieder manövrierfähig wurde.

Das Dilemma, in dem er sich nun befand, war zur Zeit Georges zweites Lieblingsthema. Der Gefangene war durch einen Schuss in die Hüfte ernsthaft geschwächt worden und Georges Befragungsspezialisten mussten all ihr Fingerspitzengefühl aufwenden, um ihm zuzusetzen, ohne ihn umzubringen.

Angeekelt wandte Diane sich jedes Mal ab, wenn George davon anfing. Ihr Mann war für sie zu einem Fremden geworden. Vor vier Jahren hatte er den Gouverneursposten in diesem Teil Devons angetreten, und in dieser kurzen Zeit hatte er sich zu einem Menschen entwickelt, den sie kaum noch als den Mann wiedererkannte, den sie vor acht Jahren geheiratet hatte.

Georges Selbstbewusstsein war schon damals nicht besonders ausgeprägt gewesen, doch Diane fand diese Eigenschaft eher anziehend, da sie die Aufgeblasenheit und die hohle Wichtigtuerei der Männer ihrer Bekanntschaft anödeten. Vier Jahre lang hatten sie relativ zufrieden auf seinem Landsitz in Sommerset gelebt. Diane konnte sich abseits der Gesellschaft einigermaßen frei bewegen und widmete sich hauptsächlich der Pferdezucht in ihrem kleinen Gestüt.

Dann bekam George die Chance, sich als Gouverneur zu profilieren und wies plötzlich Eigenschaften auf, die sie an ihm vorher nicht gekannt hatte: Er entwickelte einen krankhaften Ehrgeiz und Machtstreben, zu dessen Befriedigung ihm jedes Mittel recht war. Er wollte sich auf diesem zweitklassigen Posten in der Provinz bewähren und machte sich tatsächlich in London einen Namen dadurch, dass in seinem Distrikt die Steuern am pünktlichsten bezahlt, die Gesetze am korrektesten respektiert und die größte Zahl von Gaunern und Verbrechern verurteilt wurden.

Den Preis, der dafür gezahlt wurde, kannte Diane nur allzu gut. Sie wusste, was sich im Souterrain der Festung abspielte. Georges Grausamkeit nahm krankhafte Formen an, er arbeitete sogar an der Entwicklung von Verhörmethoden, die jeden Verdächtigen zu einem Geständnis zwingen sollten. In England war die Folter seit langem verboten. Seine Kunst bestand darin, das Verhör so durchzuführen, dass es auf den Körpern seiner Opfer keine Spuren hinterließ. Er nahm nie an den Sitzungen teil, in denen seine am Schreibtisch entwickelten Methoden angewandt wurden. Er vermied es, seinen Opfern von Angesicht zu Angesicht entgegenzutreten, ließ sich aber von seinen Knechten den Ablauf der Verhöre in allen Einzelheiten schildern.

Zu Beginn hatte Diane noch versucht, auf ihn einzuwirken, doch sie hatte bald bemerkt, dass sie gegen den fortschreitenden Wahnsinn in Georges Gehirn keine Chance hatte. Sie wandte sich ab und empfand ihrem Mann gegenüber schließlich nur noch Abscheu und Ekel. Auch George begann, sie zu hassen. Sie teilte seine ehrgeizigen Pläne nicht, zeigte keine Bewunderung für seine Erfolge und war mit ihrem störrischen und unangemessenen Verhalten für seine Karriere eher hinderlich als hilfreich.

Eine Scheidung kam für ihn jedoch nicht infrage, da dies in seiner Position einen Skandal bedeutet und somit seinen weiteren Aufstieg gefährdet hätte.

So lebten sie zwar im selben Haus, vermieden jedoch, sich zu begegnen, wo es nur ging.

Inzwischen verabschiedeten sich die ersten Gäste und Diane konnte sich endlich, ohne dass es allzu sehr auffiel, in ihre Räume zurückziehen.

Sie war aber noch nicht müde und setzte sich ans Fenster. Der Mond leuchtete hell am klaren Himmel. Die Wolken zogen rasch an ihm vorbei und bedeckten ihn immer wieder, so dass es aussah, als sei er es, der sich durch die Wolken seinen Weg bahnte. In der Ferne sah sie das Meer, das still dalag und im Mondschein glitzerte.

Die Nacht war so friedlich und schön, dass ihr die Trostlosigkeit ihres Daseins umso stärker bewusst wurde. Sie konnte Georges Nähe nicht länger ertragen, aber hatte sie das nicht schon vor einem Jahr gedacht? Inzwischen war sie wieder um ein Jahr desillusionierter, um ein Jahr abgestumpfter geworden. So durfte es nicht weitergehen. Sie war jetzt 28 und wenn sie ihr Leben nicht änderte, würde sie bald die Mentalität einer Greisin haben.

Sie dachte an den Piraten in der Festung, der vorsichtig gequält wurde, damit er nur nicht zu früh starb. Sie hoffte, er würde bald sprechen und seine Komplizen verraten, um diese widerliche Geschichte zu beenden. In ihrer Umgebung drehte sich alles nur noch um die Piraten, und Dianes Aversion gegen die genüsslich vorgetragenen Schilderungen aller Gräueltaten, die jemals von Seeräubern begangen wurden, wuchs von Tag zu Tag. Gab es denn nur noch Gewalttätigkeit um sie herum? Sie hasste diesen irischen Piraten ebenso wie George. Sie waren beide gleich, der eine mordete aus Geldgier, der andere aus Ehrgeiz. Ganz besonders jedoch hasste sie sich selbst, weil sie nicht den Mut fand, aus diesem Kreis auszubrechen.

Als Diane die Kerze auf ihrem Nachttisch anzünden wollte, sah sie den Brief. Sie erkannte Georges Handschrift. Seit mindestens fünf Jahren hatte er ihr keinen Brief mehr geschrieben und als sie ihn öffnete, ahnte sie nichts Gutes.

„Meine Liebe,
hiermit teile ich dir mit, dass ich deine Pferde verkauft
habe, übermorgen werden sie abgeholt."

Wie gelähmt, starrte Diane auf den Bogen Papier. Sie konnte es nicht fassen, dann rannte sie aus ihrem Zimmer den Gang entlang zur großen Treppe. Sie schwenkte den Zettel und rief George, der noch immer mit einigen Gästen im Salon stand, zu: „Das kannst du nicht tun!"

Ein Dutzend Augen richtete sich auf sie. „Das kann ich sehr wohl", war die schneidende Antwort.

„Du weißt genau, wieviel mir an den Pferden liegt, warum tust du das?"

„In Zukunft wirst du dich mit der Kutsche fortbewegen, so wie ich es auch tue. Reitpferde sind also überflüssig. Vielleicht benimmst du dich dann wie eine Dame und nicht wie ein Stallbursche. Und jetzt geh zurück auf dein Zimmer, du machst dich lächerlich."

Die Peinlichkeit der Situation wurde Diane plötzlich bewusst. Vor allen Anwesenden hatte sie sich eine skandalöse Blöße gegeben und George die Gelegenheit geboten, sie in aller Öffentlichkeit zu demütigen. Da stand sie nun, angestarrt, bloßgestellt, erniedrigt. Abrupt machte sie kehrt und rannte in ihr Zimmer zurück.

Die ganze Nacht lang machte sie kein Auge zu, hin und her überlegte sie, welche Möglichkeiten ihr blieben, um ihre Pferde zu retten, aber sie fand keinen Ausweg. George hatte recht, sie war machtlos. Sie hatte kein eigenes Geld, ihr ganzes Vermögen bestand aus einigen Schmuckstücken. Wenn sie Fonteyn House verließe, wäre sie mittellos und als Frau blieben ihr nicht viele Wege offen. Gesellschaftsdame oder Hauslehrerin waren noch am annehmbarsten, obwohl ihr keine Familie im ganzen Distrikt eine Anstellung geben würde. Wahrscheinlicher war, dass sie irgendwo als Dienstbotin oder Prostituierte enden würde. Ernsthaft überlegte sie, sich eine Kugel in den Kopf zu jagen. Wie in einem Labyrinth kreisten die Gedanken in ihrem Kopf. Die Ausweglosigkeit war erdrückend. Weinend lag sie in ihrem Bett und fand keinen Schlaf. Noch ahnte sie nicht, dass in wenigen Stunden ihr ganzes Dasein ohne ihr eigenes Zutun eine neue, noch schrecklichere Wendung nehmen würde.

3. Die Geisel

In ihrem Gefängnis im Bauch des Schiffes überkam Diane die Erkenntnis schlagartig. Der Ire, der irische Pirat hatte sie als Geisel genommen. Sie war seine einzige Chance, seinen Komplizen, der in der Festung verhört wurde, freizubekommen. Sie wusste aber genauso blitzartig, dass sein Plan zum Scheitern verurteilt war. Für nichts auf der Welt würde George seine Beute aus den Händen geben, die ihm die erste realistische Aussicht bot, seinen Feind endlich zu fassen. Schon gar nicht im Austausch gegen seine Frau. Im Gegenteil, die Gelegenheit, sich ihrer zu entledigen und gleichzeitig nach außen hin stark und heldenhaft dazustehen, musste ihm geradezu traumhaft erscheinen.

Was hatte sie zu erwarten? Ein paar Tage würden die Piraten sie vielleicht noch am Leben lassen, solange bis sie Georges Antwort erhielten. Was dann geschehen würde, konnte sie sich mühelos ausmalen. Eine Frau in ihrer Gewalt – natürlich würde man sich den Spaß nicht entgehen lassen, indem man sie schnell umbrachte. Angefangen mit dem Kapitän bis zum letzten Schiffsjungen würden sie über sie herfallen. Wieviel Mann zählte wohl eine Schiffsbesatzung? Hundert? Sie schauderte. Wie lange würde es dauern, bis sie ohnmächtig werden wurde? Zehn Minuten? Zwei Stunden? Oder würde sie vorher verrückt werden?

Mit einem Schlag wäre ihr verkorkstes Leben beendet. Sie würde sterben, und musste nicht einmal selbst Hand an sich legen. Jetzt aber, wo das Ende so nah war, wusste sie, dass sie leben wollte. Alles in ihr wehrte sich gegen den Tod. Trotz ihrer hoffnungslosen Lage im finsteren Kerker wuchs in ihr ein unbändiger Lebenswille.

Geräusche über ihrem Kopf ließen sie aufhorchen. Leben kam ins Schiff. Sie hörte Schritte und Stimmen, konnte aber nichts verstehen. Nach einer Weile vernahm sie ein metallisches Geräusch am Eingang zu ihrem Gefängnis – ein Riegel, der beiseitegeschoben wurde. Sie sprang auf, ihr Herz schlug bis zum Hals, ihre Knie wurden wieder weich und sie musste sich am Mast abstützen.

Der Lukendeckel klappte auf. Trotz der nächtlichen Stunde strömte blaue Helligkeit durch die Öffnung. Jemand kam die Treppe herunter, sie konnte aber nichts erkennen. Ein zweites Licht, gelber und blasser näherte sich ihr. Sie zwang sich, vor dem Mast aufrecht stehen zu bleiben, obwohl alles in ihr sie drängte, nach rückwärts zu fliehen und sich in der Dunkelheit zu verstecken.

Nun erkannte Diane zwei Männer. Der kleinere hielt die Laterne in der Hand. Er hatte einen dunklen Bart und die Haare fielen ihm beinahe bis zu den Schultern. Er trug eine Brille. *Wofür braucht ein Pirat eine Brille*, fuhr es ihr durch den Kopf. Der zweite war größer, kräftiger, er ging leicht gebeugt, um sich an hervorstehenden Balken der Decke nicht den Kopf zu stoßen. Obwohl ihre Augen sich inzwischen an die schwache Helligkeit gewöhnt hatten, konnte sie sein Gesicht nicht erkennen. Er stand gegen das Licht und der Schein der Laterne reichte nur bis zu seinen Schultern. Sie spürte mehr, als dass sie sah, dass seine Augen sie kalt musterten. Beide waren in einiger Entfernung stehen geblieben.

„Sie wissen, wo Sie sich befinden?", fragte der Größere. „Ja", sagte Diane, ihre Stimme klang ein wenig rau.

„Ich habe Sie entführt", fuhr er fort, „um Sie gegen einen meiner Leute auszutauschen, den Ihr Mann in seiner Gewalt hat."

Vor ihr stand also der Pirat, der seit Monaten den Küstenstrich unsicher machte. Er sah nicht struppig oder ungepflegt aus, so wie sie sich ihn vorgestellt hatte, strahlte aber eine eisige Gefährlichkeit aus.

Diane wusste um ihre hoffnungslose Situation, und das Einzige, das sie sich bewahren konnte, war ihr Stolz. Sie musste sterben, so oder so, sie brauchte sich also diesem Banditen nicht zu unterwerfen. Sie war erstaunlich ruhig geworden und antwortete: „Diese Mühe hätten Sie sich sparen können, mein Mann wird niemals auf Ihre Forderung eingehen."

„Dies abzuschätzen, überlassen Sie bitte uns!", unterbrach er sie barsch. „Ich habe Ihnen ein Blatt Papier mitgebracht, auf das Sie schreiben werden, was ich Ihnen diktiere."

Sein Begleiter näherte sich mit der Laterne und überreichte ihr eine Feder und eine feste Unterlage, auf der ein Blatt Papier lag. Er hielt die Laterne so, dass der Schein auf den Bogen fiel. Diane setzte sich auf den Balken und versuchte, die Feder zu halten. Es gelang ihr nicht, das Zittern ihrer Hand zu unterdrücken.

„Schreiben Sie," ertönte die Stimme aus der Dunkelheit. „Ich befinde mich in der Gewalt von John Cunningham." Er machte eine Pause, bis sie geschrieben hatte. „Wenn du nicht auf seine Forderung eingehst, wirst du mich nicht wiedersehen." Dies aus seinem Mund zu hören, ließ sie erschaudern. Dieser Mann in seiner eiskalten Art erschien ihr bedrohlicher und unheimlicher als alles, was sie erwartet hatte.

„Unterschreiben Sie", schloss er.

Der Bärtige nahm ihr den Brief ab, beide wandten sich wortlos um und hatten das Zwischendeck bald verlassen. Die Luke schloss sich und Diane blieb allein in der Dunkelheit zurück. Wellenförmig durchlief sie ein Zittern und lange Zeit gelang es ihr nicht, ihren Körper zur Ruhe zu bringen.

4. Dunkelheit

An die folgenden Tage konnte Diane sich später nur diffus erinnern. Es gab keinen Wechsel zwischen Tag und Nacht. Die meiste Zeit lag sie auf dem Strohsack und lauschte den Geräuschen um sie herum. Ohne Licht waren sie ihre einzige Verbindung zur Außenwelt. In regelmäßigen Abständen ertönte der helle Klang einer Schiffsglocke, bis zu acht Schläge zählte sie, konnte daraus aber keine Uhrzeit ableiten.

Seit ihrem Erwachen hatte sich das Schiff nur wenig bewegt. Kurz nach dem Lossegeln hatte das laute Rasseln der Ankerkette das Ende der Fahrt signalisiert. Der Wellengang war ruhig, der Boden unter ihr schwankte kaum. Vom anderen Ende des Rumpfes erklangen ständig Hämmer- und Sägegeräusche.

Sie erinnerte sich, gehört zu haben, dass das Schiff angeschossen und einigermaßen manövrierunfähig war. Nicht weit von hier, im Hafen von Brixham warteten zwei schwer bewaffnete Linienschiffe ungeduldig darauf, dass der Gefangene das Versteck verriet, um Kleinholz aus dem Piratenschiff zu machen. Obwohl sie nicht verstehen konnte, was gesagt wurde, spürte sie die Stimmung an Bord sehr deutlich. Es war keine Hektik, aber eine ungeheure Anspannung, die sich mit der Zeit auf sie übertrug.

Um der Dunkelheit zu entgehen, versuchte sie, sich helle Tage ins Gedächtnis zu rufen. Sie musste weit zurückgehen, bis zu der Zeit, in der sie als junges Mädchen bei ihrem Vater aufgewachsen war. Ihre Eltern waren aus Frankreich vor der Revolution nach England geflüchtet. Sie lebten mehr schlecht als recht von dem kleinen geretteten Vermögen in einem Haus auf dem Lande. Als sie dreizehn Jahre alt war, starb ihre Mutter an einem Fieber. Ihr Vater war verzweifelt. Er lebte in einem ungeliebten Land, dessen Sprache er nur rudimentär beherrschte, und konzentrierte seine ganze Liebe und Aufmerksamkeit von nun an auf seine einzige Tochter. Monsieur De Santis hatte keine richtige Vorstellung davon, wie eine junge Dame zu erziehen war. Er nahm sie auf wilde Ausritte mit, lehrte sie, Gewehr und Pistole für die Jagd zu benutzen, und ließ sie ansonsten gewähren. Diane liebte die Jagd, diese Mischung aus Anreiten, Lauern und erwartungsvoller Stille. Wenn sie den Wald erreicht hatten, überließen sie dem begleitenden Stallburschen die Pferde, pirschten ins Dickicht und warteten auf Beute. Dianes Vater schwärmte von den Hirschen, die ihm in Frankreich vor die Flinte gekommen waren. In England musste er sich mit Rehen, Füchsen und Hasen begnügen. Diane war es recht, sie war auch mit einem Kaninchen zufrieden. Das Schöne an der Jagd war für sie die Natur, die Gerüche und die leisen Geräusche des Waldes, im Frühjahr auch der Gesang der Vögel.

Ihren Namen hatte ihr Vater ausgesucht. Diane, die Göttin der Jagd, die auf alten Bildern immer mit Pfeil und Bogen dargestellt wurde. Es waren männliche Attribute, und vielleicht war das der Grund, warum Diane ihren Namen mochte und ihn passend fand.

Im Gegensatz zu ihren Eltern hatte sie im Kontakt mit der Dorfjugend in kürzester Zeit Englisch gelernt, sprach mit ihrem Vater aber nur Französisch.

Als sie ein heiratsfähiges Alter erreicht hatte, lernte sie schließlich auch Tanzen und edle Kleider zu tragen. Auf einem Ball traf sie auf George Fonteyn. Seine etwas unbeholfene, aber witzige Art gefiel ihr. Da er vermögend war, willigte sie in eine Heirat ein, weil sie so auch ihrem Vater einen gesicherten Lebensabend garantieren konnte.

Damit endeten auch schon die hellen Tage ihres Lebens. Von dem Zeitpunkt an war sie der steifen Etikette des englischen Kleinadels unterworfen und ihre Freiheiten wurden bis auf einen kleinen Rest beschnitten. Als dann vor fünf Jahren auch ihr Vater starb, blieb ihr nur noch Wenig, das ihr Freude bescherte.

Bei dem Gedanken an ihren Vater überkam Diane eine Welle der Verzweiflung und Trauer. Sie war verlassen, einsam und ausgeliefert.

Die einzige Abwechslung in ihrem dunklen Verließ war die Anwesenheit des jungen Mannes, der ihr Essen brachte. Kurz nach dem Besuch des Kapitäns hatte sich die Luke wieder geöffnet, und er war heruntergestiegen. Er trug eine Laterne und ein Tablett. Als er die Lampe an einen Haken in der niedrigen Decke hängte, konnte sie sein Gesicht erkennen. Seine blonden Haare fielen ihm in die Stirn und ins Genick. Er hatte weiche Lippen und einen jungenhaften Gesichtsausdruck, vermied jedoch krampfhaft, sie anzusehen. Er stellte das Tablett vor sie auf den Boden, wies auf den Eimer, der halbvoll mit Meerwasser hinter Diane im Halbdunkel zu erkennen war, und verließ gleich wieder den Raum. Die Laterne ließ er zurück.

Zum ersten Mal konnte sie im schwachen Lichtschein die Einrichtung ihres Gefängnisses erahnen. Der Raum war länger, als sie angenommen hatte. An beiden Seiten standen schwere, schwarze Kanonen, die mit dicken Ketten im Boden verankert waren. Sechs Stück konnte sie erkennen, aber jenseits der Treppe setzte sich der Raum fort, und das Licht der Laterne reichte nicht, ihn bis zum Ende auszuleuchten. Bis auf ihr Lager war der sichtbare Abschnitt des Decks leer. Nichts, was ihr irgendwie ermöglicht hätte, die Kette aufzuscheuern oder die Glieder aufzubiegen. Die Fessel war zu kurz, um die Kanonen zu erreichen. Um sie herum bestand alles aus Holz, zu weich, um dem Eisen etwas anhaben zu können.

Sie wandte sich dem Tablett zu. Das Essen sah nicht schlecht aus, Suppe, Kartoffeln, Bohnen und etwas Fleisch. Unter Seemannskost hatte sie sich immer etwas anderes vorgestellt, aber das Schiff ankerte wohl an der Küste, und die Männer hatten Zugang zum Festland. Neben dem Teller stand eine Karaffe mit Wasser, die sie gierig leertrank. Das Essen rührte sie nicht an.

Nach etwa einer halben Stunde kehrte der junge Mann zurück und holte das Tablett ab. Als er die Laterne abhängen wollte, bat Diane ihn: „Lassen Sie sie doch hier!"

„Geht nicht, zu gefährlich," murmelte er und verschwand.

Am Abend kam er wieder, diesmal mit Rührei und Schinken auf dem Teller, einem Glas und zwei Karaffen auf dem Tablett. Die eine war zur Hälfte mit Rotwein gefüllt. Diane schenkte sich ein Glas ein und trank den Wein in kleinen Schlucken. Die Wirkung machte sich sofort bemerkbar. Wärme durchdrang ihren Körper und die Spannung ließ etwas nach.

Dieses Ritual wiederholte sich zweimal täglich. Bereits am zweiten Tag ertappte Diane sich, wie sie auf den jungen Matrosen wartete, auf diese kurzen Momente, in denen sie Licht hatte und einen Menschen sah. Er brachte das Tablett, hängte die Laterne auf und nahm den Eimer mit. Nach einer halben Stunde brachte er den Eimer zurück und nahm das Tablett und die Laterne mit. Nie wandte er das Wort von sich aus an sie, aber er antwortete wenigstens. Er hieß Francis. Auf ihre Frage, ob ihr Mann reagiert hätte, erwiderte er gleichbleibend: „Nein."

Am dritten Tag war Diane so begierig auf menschlichen Kontakt, dass sie ihn bat, einen Moment zu bleiben. Er setzte sich in einiger Entfernung auf den Mittelbalken und sah sie zum ersten Mal gerade an. Er fragte: „Fürchten Sie sich im Dunklen?" Diane fühlte, wie sich ihre Kehle zuschnürte und musste kämpfen, um das sich hochdrängende Schluchzen zu unterdrücken.

„Die Ungewissheit ist zermürbend. Habt ihr noch immer keine Nachricht?"

„Nein. Mich macht die Ungewissheit auch fertig. Ich muss ständig daran denken, was sie mit Paul anstellen." Seine Stimme nahm einen feindseligen Ton an.

Francis blieb nun jedes Mal, wenn er kam, einen Augenblick sitzen. Er gab keine Antwort, wenn sie etwas über die Piraten erfahren wollte, aber er erzählte ein bisschen von sich. Er war dreiundzwanzig Jahre alt, stammte aus Westirland und lebte bereits mehrere Jahre auf dem Schiff.

Diane war sich sicher, dass die kurzen Gespräche mit ihm verhinderten, dass sie frühzeitig verrückt wurde oder durchdrehte. In der Dunkelheit war sie begierig auf jede Wahrnehmung. Stundenlang lag sie da, in die dünne Wolldecke gehüllt und lauschte. Sie hörte schwere und leichte Schritte, Stimmen, Gespräche, Rufe, Flüche, das leise Knarren der Planken in der schwachen Dünung, das Gurgeln der Wellen und das Huschen der Ratten um sie herum. Ihr Gehör war empfindlich geworden. Die lauten Arbeitsgeräusche, die immer noch vom anderen

Ende des Schiffes zu vernehmen waren, schmerzten körperlich. Jeder Hammerschlag traf ihren Kopf und sie fürchtete, ihr Gehirn müsste platzen. Ihre Augen suchten verzweifelt nach einem Lichtstrahl und bald sah sie Bilder, die es nicht gab, grauenhafte Gestalten, die auf sie zukamen oder über ihr schwebten. Eine der Geschützpforten schloss nicht ganz dicht und ließ einen dünnen Strich Tageslicht herein. An diesen Strahl klammerte sie sich mit ihren Blicken, wenn die Halluzinationen drohten, sie zu überwältigen.

Sie wusste immer genau, wenn es Nacht war. Die Geräusche nahmen ab, es wurde still, und der feine Lichtstreifen verschwand. Die Nächte waren entsetzlich. Sie konnte nicht schlafen, für Sekunden nickte sie ein, um gleich aus einem Albtraum hochzuschrecken. Sie versuchte, in ihrem Kopf Realität zu schaffen, sie dachte an ihr Pferd, vollzog Schritt für Schritt ihren Spazierritt nach, doch die Bilder ließen sich nicht festhalten, sie zerflossen oder nahmen eine surreale, gespenstische Gestalt an.

Ein Gedanke, der immer wieder zurückkehrte, war, dass ihr der Tod bevorstand, und diese Vorstellung bekam nun etwas Tröstliches. Er war der Ausweg aus dieser Einsamkeit, dieser Finsternis, die wahnsinnig machte. Sie dachte an die Gefangenen in der Festung, die wie sie, angekettet in der Dunkelheit, zehn, zwanzig oder sogar dreißig Jahre überleben konnten, bevor sie jämmerlich sterben würden. Diese Unmenschlichkeit geschah im Namen von Recht und Ordnung. Da befand sie sich in den Händen von Verbrechern mit der Aussicht auf ein baldiges Ende in einer besseren Lage.

5. Der Schuss

Am sechsten Tag spürte Diane eine Veränderung auf dem Schiff. Sie konnte nicht ausmachen, woran es lag. Die Geräusche waren scheinbar die gleichen, aber die Angespanntheit hatte Unruhe und Nervosität Platz gemacht. Und dann Stille. Eine unheimliche Stille hatte vom Schiff Besitz ergriffen. Es waren nicht nur die Arbeitsgeräusche, die aufgehört hatten, es war wie eine Lähmung, die bedrohlich alles um sie herum erfüllte.

Angstvoll kauerte sie auf der Matratze und ahnte, dass ihr Warten nun ein Ende hatte. Francis blieb einmal aus, dann kam er wieder, blickte sie nicht an und antwortete nicht auf ihre Fragen. Auf dem Tablett stand neben dem Essen eine volle Karaffe Wein.

Sie musste an die letzte Mahlzeit eines Verurteilten denken, rührte das Essen nicht an, stellte aber die Karaffe und das Glas beiseite.

Einige Stunden vergingen. Sie trank langsam den Wein. Ihre Gedanken waren plötzlich klar, sie war ruhig und fühlte sich bereit. Ein lautes Poltern ließ sie hochschrecken. Der Anker wurde hochgezogen. Befehle erklangen, Schritte eilten über das Deck, ein Zittern durchlief das Schiff, dann ein Ruck, als der Wind die Segel packte. Die Masten ächzten, sie hörte das Wasser neben sich rauschen. Sie hatten Fahrt aufgenommen.

Am Abend zur gewohnten Zeit blieb Francis aus. Diane saß auf ihrem Lager, hielt ihre Knie umschlungen und wartete. Das letzte Glas hatte sie schon lange geleert und Nervosität ergriff sie erneut. Sie wusste nicht, worauf sie wartete, ob überhaupt etwas geschehen würde und die Ungewissheit wurde immer unerträglicher.

Das metallische Klicken des Riegels unterbrach ihre Gedanken. Die Luke öffnete sich und das Himmelsviereck zeigte, dass es fast dunkel war. Schmale schwarze Wolken überzogen den Himmel, der noch tiefblau leuchtete.

Die Luke schloss sich hinter dem Licht der Laterne. Sonst war sie immer offengeblieben, solange Francis unten war. „Jetzt ist es so weit", dachte sie, „der erste der Mannschaft kommt." Sie sprang auf, alle Gelassenheit war im Angesicht dessen, was ihr jetzt bevorstand, verflogen. Sie war bereit, zu kämpfen und sich erschlagen zu lassen. Sie würde nicht wie ein Opfer alles erdulden. Geduckt stand sie vor dem Mast mit der langen Kette als einzige Waffe in der Hand. Das Licht näherte sich. Sie erkannte jetzt, wer es hielt, es war der Kapitän. Er hängte die Lampe an den Haken und blieb stehen. Diesmal konnte sie sein Gesicht genau sehen. Sein Ausdruck war abweisend und verschlossen. Dunkle Bartstoppeln verstärkten seine finstere Miene, seine Augen glühten jedoch vor Hass. Der Mann war nicht kalt wie bei seinem ersten Besuch. Sie spürte die Mühe, die es ihn kostete, sich unter Kontrolle zu halten.

Diane wusste sofort, dass er gekommen war, um sie zu töten. In seinem Gürtel steckte eine Pistole. Mit ruhiger beherrschter Stimme fing er an: „Ihr Mann hat gestern versucht, uns bei einer geplanten Übergabe eine Falle zu stellen. Der Mann, den seine Leute an den Treffpunkt brachten, war nicht mein Navigator. Wir konnten dem Überfall entkommen. Heute habe ich erfahren, dass Paul Brendan seit vier Tagen tot ist. Er starb nach zwei Tagen Folter, ohne ein Wort gesagt zu haben."

Er hielt inne. Diane hatte sich aufgerichtet und blickte ihn schreckerfüllt an.

Nach langen Sekunden völliger Stille fuhr er fort: „Sie wissen, was das für Sie bedeutet."

Er zog die Pistole aus seinem Gürtel und richtete sie auf Diane. Das laute Klicken des Hahnschlosses fuhr ihr durch die Glieder, ihre Beine wurden weich. Als sie in das kleine tödliche Loch der Mündung blickte, war es vorbei mit ihrer Fassung. So wollte sie nicht sterben, so elend, von allen vergessen, von keinem betrauert.

„Drehen Sie sich um", befahl er. Sie rührte sich nicht, sondern sah ihn mit weit aufgerissenen Augen an. Instinktiv wusste sie, sobald sie seinen Blick losließ, war sie verloren. Er machte einen Schritt auf sie zu, die Waffe noch immer auf sie gerichtet. „Drehen Sie sich um", wiederholte er. Sie presste sich gegen den Mast und starrte ihn nur stumm an. Er stand direkt vor ihr. Sie musste kämpfen, um nicht die Augen zu schließen. Trotz aller Angst erkannte sie in seinem Blick ein kurzes Flackern von Unsicherheit. Mit seiner freien Hand packte er ihre Schulter, um sie mit Gewalt zum Mast zu drehen. Sie stemmte sich gegen den Griff. Er hielt sie fest, ohne sie weiter zur Seite zu drücken, und ohne es zu wollen, flehte sie leise: „Bitte!" Seine Augen verfinsterten sich, seine Hand krallte sich so tief in ihre Schulter, dass es schmerzte.

Plötzlich ließ er sie los, wandte sich abrupt um und schleuderte die Pistole in den Raum. Polternd schlitterte sie über den glatten Boden in die Dunkelheit und krachte gegen die Bordwand. Dabei löste sich ein Schuss. Diane stieß einen kurzen Schrei aus. Der Kapitän war schon an der Treppe, als sich die Luke öffnete. Sie hörte Francis' erschrockene Stimme: „Hast du's getan!" Wortlos stürmte der Kapitän durch die Öffnung. Lange blieb Diane, an den Mast gelehnt, stehen. Das Zittern ihres Körpers wollte nicht aufhören und sie wagte nicht, sich zu bewegen.

Die ganze Nacht lang blieb die Luke offen. Diane spürte die frische Luft, die allmählich bis zu ihr vordrang. Der Hauch erschien wie neues Leben. Auch die Laterne hing noch da.

Endlich setzte sie sich auf die Matratze und zog die Decke fest um ihre Schultern. Sie schaute durch die viereckige Öffnung. Über den Himmel zogen rasch schwarze Wolken, ab und zu gaben sie einen Stern frei. Die Wolken verschluckten ihn wieder, bis ein neuer Stern aufleuchtete.

6. In der Kammer

Im Laufe der Nacht erlosch die Laterne. Durch die Lukenöffnung waren schon lange keine Sterne mehr zu sehen. Diane saß auf der Matratze, den Kopf auf die hochgezogenen Knie gelegt. Ab und zu nickte sie ein, schreckte aber immer wieder hoch, aus Furcht jemand käme. Die Todesangst jedoch war von ihr gewichen. Sie hoffte, dass ihr Leben nicht weiter bedroht war, konnte aber auch nicht ausschließen, dass der Kapitän jemand anderen schicken würde, der weniger Hemmungen hätte, sie zu erschießen.

Das Ächzen der Planken und das Knarren des Mastes waren lauter geworden, die ruhige Bewegung des Schiffes war allmählich in ein starkes Stampfen übergegangen. Neben dem Klatschen der Wellen hörte sie jetzt das trommelnde Geräusch von Regentropfen auf den Decksplanken. Das schwere Wetter beunruhigte sie nicht, im Gegenteil, sie fühlte sich jetzt seltsamerweise sicherer. Sie streckte sich auf dem Strohsack aus und fiel in einen tiefen Schlaf.

Jemand schüttelte sie vorsichtig an der Schulter. Sie wehrte die lästige Berührung ab, sie wollte nichts außer schlafen. Nur langsam erreichte eine Stimme ihr Bewusstsein, die einige Male wiederholte: „Wachen Sie auf!"

Wie vom Blitz getroffen fuhr sie hoch. Ein Mann hockte neben ihrem Lager und versuchte schon seit geraumer Zeit, sie zu wecken. Sie hatte ihn bisher noch nie gesehen.

„Keine Angst," beruhigte er sie, „ich bringe Sie jetzt nach oben." Er zog einen Schlüssel hervor und befreite sie von der Kette. Er half ihr auf und führte sie zur Treppe. Durch die Öffnung in der Decke ergoss sich blendende Helligkeit, obwohl schwere Wolken über den Himmel rasten und der Regen immer noch auf das Deck prasselte. Das Schiff schlingerte und stampfte und Diane hatte Mühe, sich auf den Beinen zu halten. Der Matrose, der diese Bewegungen mühelos ausglich, stützte sie, als sie nach oben kletterte. Schon auf der Treppe musste sie die Augen wegen der Helligkeit schließen. Als sie nach einer Woche Dunkelheit im vollen Tageslicht stand, presste sie krampfhaft die Hände vor das Gesicht. Sie verlor jeglichen Sinn für Gleichgewicht und wäre zurück in die Luke gekippt, wenn ihr Begleiter sie nicht festgehalten hätte. Er packte ihren Arm, während er sie über das schwankende Deck führte. Diane hatte nicht das geringste Gefühl für die Richtung, die sie eingeschlagen hatten. Sie fühlte nur den stechenden Schmerz in ihren Augen, den Wind, der ihre Haare zerzauste, den Regen und das Spritzen der Wellen, die sie in kürzester Zeit durchnässt hatten.

Nun ging es wieder ein paar steile Stufen nach unten. „Halten Sie sich am Seil fest", ertönte die Stimme dicht an ihrem Ohr. Hier war es wieder dunkler. Sie nahm die Hände vom Gesicht und blinzelte vorsichtig durch die Lider. Als Treppengeländer diente ein dickes Tau. Sie hielt sich fest und tastete sich die schmalen Stufen hinunter. Hinter ihr folgte der Matrose, der sie nur noch leicht an einem Arm führte. Sie befanden sich jetzt in einem kurzen, engen Gang, der mit drei Türen abschloss. „Gehen Sie weiter", forderte sie der Mann auf. Am Ende des Gangs hielt er an und öffnete die Tür auf der rechten Seite. „Hier bleiben Sie, bis man Sie holt." Zögernd betrat sie den Raum. Er war etwa drei Meter lang und zwei Meter breit. In der rechten hinteren Ecke lag auf einem roh gezimmerten Bettgestell eine Matratze. Die einzige weitere Möblierung bestand aus einem Stuhl – weitere Gegenstände hätten keinen Platz gefunden. Eine kleine, ziemlich hoch angebrachte Öffnung spendete Licht.

„In einer Stunde bringt Francis Ihnen was zum Essen", sagte der Mann, bevor er ging und die Tür hinter sich schloss.

Diane hörte kein Klicken eines Schlüssels im Schloss. Sie wartete eine Minute und versuchte dann, ob die Tür sich öffnen ließ. Sie war nicht abgesperrt. Diane warf einen kurzen Blick in den leeren Gang und zog die Tür dann rasch wieder zu. An der Innenseite befand sich ein kleiner Riegel, den sie schnell zuschob. Jetzt fühlte sie sich sicher. Sie wusste zwar nicht, was man mit ihr vorhatte, aber im Vergleich zum Vortag hatte sich ihre Lage wesentlich verbessert. Auf dem Bett befand sich kein einfacher Strohsack wie unter Deck, sondern eine glatte, harte Seegrasmatratze. Darauf lagen ein großes Kissen und eine Wolldecke, um die ein Laken geschlagen war. „Der pure Luxus", dachte sie sich. Unter dem Stuhl stand der unentbehrliche Wassereimer, der ihr seit Tagen als Toilette diente.

Sie setzte sich auf das Bett und strich zufrieden mit der Hand über die weiche Decke. Beim Geruch der frischen Wäsche wurde ihr plötzlich ihr eigener verwahrloster Zustand bewusst. Seit einer Woche war sie nicht aus den Männerhosen herausgekommen, die sie zum Reiten angezogen hatte. Ihre Bluse war zerfetzt und ein Ärmel ihrer Lederjacke war beim Kampf am Strand halb abgerissen. Ihre langen Haare hingen in wirren feuchten Strähnen um ihr Gesicht und vom kurzen Aufenthalt im Freien waren ihre Kleider durchnässt. Sie wagte jedoch nicht, sich auszuziehen, und schon gar nicht wagte sie sich hinaus in dieses fremde Schiff, wo sie an jeder Ecke einem Piraten in die Arme laufen konnte. So beschloss sie zu warten, bis Francis kam. Fröstelnd zog sie sich die Decke über die Schultern und blieb still sitzen.

Das Schiff schlingerte noch immer stark im Wellengang und das Knarren und Quietschen des Holzes war so laut, dass sie keine menschlichen Geräusche ausmachen konnte. Fast hatte sie das Gefühl, allein an Bord zu sein. Die Zeit verging schleppend. Endlich nach einer Ewigkeit klopfte es an der Tür. Diane fuhr zusammen, gleichzeitig hörte sie jedoch eine bekannte Stimme: „Ich bin's, Francis. Ich bringe Ihnen das Essen." Sie sprang auf und öffnete ihm die Tür. Francis hielt das Tablett, auf dem neben einem Teller und einer zugedeckten Schüssel eine Karaffe Wasser stand. Er stellte das Tablett auf den Stuhl und meinte: „Für einen Tisch ist hier drin leider kein Platz, aber künftig werden Sie ja wohl oben essen." Sein Ton war freundlich, der Gesichtsausdruck des jungen Mannes jedoch wirkte düster und unglücklich.

Er wandte sich bereits zum Gehen ab, aber Diane rief ihn zurück: „Bitte, ich brauche trockene Sachen zum Anziehen. Ich brauche auch Wasser, Seife und einen Kamm und ein Handtuch und einen Spiegel. Könnten Sie mir das besorgen?"

Er sah sie an.

„So klein wie Sie ist wohl niemand in der Mannschaft. Ich kann Ihnen höchstens was von mir bringen und Nähzeug dazu. Wenn Sie nähen können, dürfen Sie meine Sachen ruhig ändern."

Er verließ den Raum und kam bald vollbepackt zurück. Nacheinander legte er zwei Hosen, zwei weiße Hemden, eine blaue Jacke und einen Wollpullover auf die Matratze. In ein Tuch gewickelt übergab er ihr einen Kamm, ein Stück Seife, eine Spiegelscherbe und Nähzeug.

„Was Besseres konnte ich grad leider nicht auftreiben. Die Klamotten können Sie zerschneiden, wie Sie wollen. Ich habe noch genug übrig."

Er verschwand und erschien gleich darauf mit einer großen Schüssel voll Wasser. „Es ist Seewasser, wir haben eine lange Fahrt vor uns, da dürfen wir das Süßwasser nicht für so unnütze Dinge wie Waschen verwenden."

„Eine lange Fahrt...?", wollte sie entsetzt fragen, aber da war er schon wieder weg.

Diane verriegelte die Tür wieder und sank auf ihr Bett. Ihre ganze Zuversicht war dahin. Insgeheim hatte sie gehofft, möglichst schnell an Land abgesetzt zu werden. Sie waren jetzt einen Tag unterwegs und konnten Englands Küsten noch nicht weit hinter sich gelassen haben. Sie stieg auf den Stuhl, um durch das Fenster blicken zu können, sah jedoch nichts als das Meer mit seinen grauen unruhigen schaumgekrönten Wellen. Ihr einziger Wunsch war, das Piratenschiff zu verlassen. Was danach kam, war ihr gleichgültig. Dann würde sie eben fliehen! Jetzt, da sie nicht mehr angekettet war, müsste das doch möglich sein. Zorn stieg in ihr auf, damit aber zugleich neuer Lebenswille.

Sie zog ihre kalten, feuchten Kleider aus, wickelte sich in die Decke und trank gierig den Wasserkrug leer. Zum ersten Mal verspürte sie auch Hunger und ließ vom Essen keinen Bissen übrig. Danach wusch sie sich gründlich. So gut es ging, spülte sie ihre Haare und ihre Wäsche aus. In dem Seewasser wollte die

Seife nicht schäumen und das Salz hinterließ ein ungutes Gefühl auf ihrer Haut. Als sie sich trockengerieben hatte, war ihr aber bereits viel wohler. Es dauerte eine halbe Stunde, bis sie sich mit dem Kamm durch die verfilzte Mähne gearbeitet hatte. Der Boden war mit ausgerissenen Haaren bedeckt, aber der Anblick, den ihr die Spiegelscherbe bot, stellte sie einigermaßen zufrieden. Die Schwellung ihrer Lippe war verschwunden und nur ein leichter Schorf deutete noch auf den Schlag hin, den sie erhalten hatte. Sie sah müde und blass aus, war aber keineswegs sichtlich gealtert, wie sie befürchtet hatte.

Nun machte sie sich daran, Francis' Kleider zu ändern. Die Hose passte gut, sie war nur zu lang. Die Hemden waren aus weichem, feinem Leinen. Francis hatte sicher nicht seine schlechtesten ausgewählt. Es waren weite Männerhemden mit einem großen Kragen und einem geschnürten Ausschnitt. Im Nähen war sie nicht besonders geschickt. So gut es ging, machte sie die Seitennähte enger und kürzte die Ärmel. Von ihrer Lederjacke trennte sie beide Ärmel ganz ab. Ihre Haare aber waren wegen des Salzwassers noch nach Stunden klamm. „Lange Haare sind auf See extrem unpraktisch", dachte sie sich, aber bald würde sie ja über alle Berge sein. Nun zog sie Francis' Kleider an. Sie hatte immer schon gern Männerkleidung getragen, und in der engen Hose und dem weiten Hemd, über das sie ihre Lederjacke, die nun eine Weste war, gezogen hatte, fühlte sie sich mutig und verwegen. Francis hatte einen breiten Ledergürtel dazugelegt, den sie sich umschnallte, obwohl er zum Halt der Hose gar nicht nötig war. Er sah aber gut aus. Schließlich zog sie ihre Wildlederstiefel über die Hose und war, von neuem Mut erfüllt, bereit, es mit dem Piratenpack aufzunehmen.

Die ganze Aktion hatte mehrere Stunden beansprucht, der Abend dämmerte schon, als es klopfte. Wie jedes Mal zuckte sie zusammen, öffnete aber die Tür, ohne zu fragen, wer es sei. Es war Francis, wie sie vermutet hatte. Er brachte ihr das Abendessen. Er blieb in der Tür stehen und schaute sie erstaunt an. „Mann", sagte er, „ich habe gar nicht gewusst, dass meine Kleider so toll aussehen." Er stellte das Tablett ab und musterte sie.

„Sie können aber gut nähen!" Er lächelte leicht und Diane wurde sich plötzlich ihrer Sympathie für diesen jungen Matrosen bewusst. Er war ihr einziger Ansprechpartner und wirkte gar nicht so, wie sie sich Piraten bisher vorgestellt hatte.

Schnell knüpfte sie an seine Aussage von zu Mittag an und fragte: „Was haben Sie vorhin gemeint mit ‚langer Reise'? Was habt ihr mit mir vor?"

„Das wird Ihnen der Kapitän nachher selbst sagen", entgegnete er schnell. „Er möchte Sie sprechen, wenn Sie mit dem Essen fertig sind. Ich bringe Sie dann hin."

Er ging und schloss die Tür hinter sich. Dianes Appetit war schlagartig verflogen und ihr Hals war wie zugeschnürt. Vor diesem Piraten, der sie gestern noch umbringen wollte, hatte sie ungeheure Angst. Dennoch nahm sie sich vor, ihm gegenüber keine Schwäche zu zeigen. Ihr fiel der gestrige Abend ein, als sie um ihr Leben gebettelt hatte, mit Erfolg, wie sich gezeigt hatte. Diesmal war sie jedoch nicht in einer unterlegenen Position. Sie war nicht mehr schmutzig und zerlumpt, angekettet wie ein Hund und konnte ihm selbstbewusst gegenübertreten.

Was würde er ihr mitteilen? In arabischen Ländern gab es einen blühenden Sklavenhandel, in dem besonders europäische Frauen einen hohen Ertrag garantierten. Oder sollte George Lösegeld zahlen? Ihr Herz schlug ihr bis zum Hals, als sie Francis' Frage vernahm: „Können wir gehen?" Sie erwartete, von ihm durch das ganze Schiff geführt zu werden, aber er blieb gleich vor ihrer Kammer stehen und klopfte an die Tür, die den Gang abschloss und unmittelbar neben ihrer eigenen lag. Sie wohnte gleich neben ihm!

Francis öffnete die Tür, ohne eine Antwort abzuwarten und meldete schlicht: „Sie ist da."

„Sie soll reinkommen", lautete die Antwort von drinnen. Francis hielt ihr die Tür auf und trat zur Seite. Diane stand in einem Raum, dessen Rückfront aus einem einzigen großen unterteilten Fenster bestand. Ein langer Tisch, Wandregale mit Büchern und aufgerollten Karten, ein Bett in einer Nische und ein massiger Schreibtisch, dessen Arbeitsfläche unter einer

Seekarte fast verschwand, bildeten die Möblierung. Der Kapitän war in die Karte vertieft und sprach zu ihr, ohne aufzusehen: „Kommen Sie näher und setzen Sie sich." Sein Ton war höflich und sachlich. Zögernd trat Diane einen Schritt näher. Ihr Selbstbewusstsein bröckelte bereits. Dann blickte der Kapitän auf, seine Augen zeigten bei ihrem Anblick ein kurzes irritiertes Flackern. „Nehmen Sie Platz", wiederholte er. „Hat Francis Ihnen also sein bestes Gewand abgetreten", stellte er fest. Diane meinte, einen hämischen Unterton herausgehört zu haben und wurde wütend. Der Zorn verdrängte ihre Angst etwas. Sie setzte sich und sah ihn an. Er wirkte ruhig und überlegen und erwiderte ihren Blick ernst und ein wenig nachdenklich.

„Laut dem Ultimatum, das ich Ihrem Mann gestellt hatte, hätte ich Sie gestern erschießen müssen."

Die Erwähnung von George trieb ihr die Röte ins Gesicht. „Was erlaubt Ihnen oder meinem Mann über mein Leben zu bestimmen!", platzte sie heraus. Sie war jetzt in einer Stimmung, in der sie nichts mehr erschrecken konnte.

„Geiseln entscheiden nun mal nicht selbst über ihr Schicksal", entgegnete er kühl. „Ich bin im Endeffekt aber froh, dass mir die Rolle des Henkers nicht liegt. Jedoch werden Sie vielleicht einsehen, dass ich Sie nicht so einfach freilassen kann nach der Behandlung, die Ihr Mann meinem Offizier angedeihen ließ." Seine Stimme klang jetzt hart und in seine Augen trat wieder die Kälte ihrer ersten Begegnung.

„Ich sehe überhaupt nichts ein. Machen Sie nicht mich verantwortlich für den Tod Ihres Offiziers. Für einen Piraten besteht nun mal Lebensgefahr. Er hat sich selbst für diesen Weg entschieden."

„Da haben Sie völlig recht", entgegnete er schneidend, „er hatte die Wahl zwischen Verbrechen und Elend, wenn Sie die Verhältnisse in Irland kennen." Das ‚Mylady' spuckte er ihr regelrecht vor die Füße. „Sie werden an Bord bleiben und Paul Brendan ersetzen."

Mit allem hatte sie gerechnet, aber nicht damit, dass sie als Frau unter Piraten leben sollte: mordend und plündernd durch

die Welt ziehen, mit Männern zusammenleben, die nur Geldgier im Sinne hatten, und für die Frauen nichts als Objekte zur Befriedigung ihrer Triebe waren.
Sie hatte sich erhoben. Sie spürte, dass ihr Gesicht noch röter geworden war. „Und wie bitte wollen Sie das erreichen?", entgegnete sie scharf. „Sie können mich nicht zwingen."

Er stand jetzt auch und blickte auf sie herunter. „Das ist ganz einfach, hier an Bord bekommt zu essen nur wer arbeitet. Ab sofort wird Francis Ihnen nichts mehr bringen. Sie essen in Zukunft in der Messe, wie alle hier auf dem Schiff, aber nur dann, wenn Sie sich vorher bei Mr. Byrnes, dem ersten Offizier, gemeldet haben, der Ihre Unterweisung übernehmen wird. Das Leben auf See wird Ihren beschränkten Horizont erweitern, sehen Sie das als Chance."

Diane wusste nicht, was sie antworten sollte. Er glaubte doch nicht im Ernst, sie würde sich hier als Seemann ausbilden lassen. Einen Moment stand sie überrumpelt da. Dann sagte sie leise und trotzig: „Das werden Sie nicht erleben." Mit diesen Worten verließ sie den Raum.

7. Auf dem Schiff

Den ganzen nächsten Tag verließ Diane ihre Kammer nicht. Der Kapitän meinte es ernst, Francis war nicht mehr aufgetaucht. Sie verspürte keinen Hunger und vorerst war ihr die Maßnahme gleichgültig. Der Wasserkrug vom Vortag stillte notdürftig ihren Durst.

Sie hatte es immer wieder versucht – die Tür ließ sich öffnen, aber jedes Mal hatte sie sie schnell wieder zugezogen und verriegelt. Zu groß war die Scheu, die ihr der leere Gang einflößte. Ab und zu hörte sie Schritte vor ihrer Tür, auch Stimmen. Bei der Vorstellung, jemandem, gar dem Kapitän, draußen zu begegnen, liefen ihr Schauer über den Rücken.

Wiederholte Blicke durch die kleine Luke verrieten ihr nichts. Sie sah nur Wasser bis zum Horizont. Allerdings zeigte ihr Fenster ständig nach Süden, also musste das Schiff einen westlichen Kurs segeln. Das hieß, dass im Osten irgendwann Irland erscheinen würde, vielleicht zum Greifen nahe. Sie musste unbedingt an Deck und sich vergewissern.

Es dämmerte und schon lange hatte sie kein Lebenszeichen mehr vor ihrer Tür vernommen. Vielleicht waren alle beim Essen. Lieber wollte sie sterben, als die Messe zu betreten, wo sich hundert oder mehr Augenpaare auf sie richten würden. Vielleicht aber war die Gelegenheit jetzt günstig, einen Blick an Deck zu werfen. Sie ließ ihre Stiefel in der Kammer zurück und öffnete vorsichtig die Tür. Alles war ruhig. Auch rechts aus der Kapitänskajüte drang kein Laut. Langsam schlich sie den Gang entlang und erklomm geräuschlos die Treppe. Vor ihr lag das leere Mittelschiff. Sie lief zur Steuerbordreling und tatsächlich, in der Ferne erstreckte sich ein Landstrich. Schwere Wolken zogen darüber hinweg und ließen ab und zu einen fahlen Sonnenstrahl durch, der einen Punkt der Landschaft für kurze Zeit silbrig erhellte.

Es war schwer, abzuschätzen, wie weit das Festland entfernt war. Auf jeden Fall war es zu weit zum Schwimmen. Die Flucht erwies sich als schwieriger, als sie es sich in ihrer Naivität vorgestellt hatte. Von hier aus bräuchte sie ein Boot, und das könnte sie auf keinen Fall unauffällig zu Wasser lassen.

Ihr wurde klar, dass sie niemals entfliehen würde, wenn sie ständig in ihrer Kammer eingeschlossen blieb. Niemand hatte ihr verboten, sich auf dem Schiff zu bewegen. Sie musste sich mit ihrer Umgebung vertraut machen.

Das Deck vor ihr war etwa zehn Meter lang. Vorne und hinten war es von Aufbauten begrenzt, auf die beidseitig schmale Treppen führten. Auf dem Achterdeck stand wahrscheinlich der Steuermann, also ging sie nach vorne. Durch eine geschlossene Tür konnte sie Stimmengewirr vernehmen. Das musste die Messe sein. Rasch kletterte sie die wenigen Stufen hoch und stand auf dem Vorschiff. Auch hier keine Menschenseele.

Hier oben wehte der Wind stärker und griff in ihre Haare. Neben ihr ragte der Fockmast empor, an dessen Fuß sie eine Woche in der Dunkelheit verbracht hatte.

Während ihres Aufenthalts im Schiffsbauch war der Segler für sie zu einem Lebewesen geworden. Sie hatte jede seiner Regungen gespürt, das Zittern, wenn die Segel nicht ganz am Wind lagen und das temperamentvolle Anspringen und Krängen, wenn die Brise voll in das Tuch fuhr.

Sie hielt sich an der Reling fest und blickte hoch in die grauen Segel, die sich über ihr türmten und in denen der Wind rauschte und sang. Es war ein Eindruck so voller Schönheit und Kraft, dass sie sich darunter winzig und unscheinbar fühlte.

Der Wind hatte im Laufe des Tages nachgelassen. Das Schiff lag leicht nach rechts geneigt und segelte ruhig auf der wieder glatten See. Diane trat an die Reling und blickte nach Westen. In diesem Augenblick glitt die Sonne aus einer Wolkenbank in den schmalen freien Himmelsstreifen über dem Meer. Ein gleißendes weißes Licht erfüllte den Horizont und die Wasseroberfläche verwandelte sich plötzlich in einen sprühenden Funkenteppich tausender taumelnder Sterne. Langsam verschwand die Sonne unter der Wasserlinie, bis schließlich nur noch ein leuchtendes Band an sie erinnerte.

„Ein schöner Abend", ertönte eine Stimme hinter ihr. Diane fuhr herum. Vor ihr stand ein großer, schlanker Mann. Seine hellblonden Haare und blauen Augen fielen ihr sofort auf.
„Ich wollte Sie nicht erschrecken, entschuldigen Sie. Darf ich mich vorstellen? Johann van Delft, ich bin hier der Quartiermeister. Wollen Sie nicht in die Messe kommen? Es gibt jetzt Abendessen. Sie müssen doch hungrig sein."

„Nein danke", murmelte Diane erschrocken, drückte sich an ihm vorbei und huschte den Niedergang hinunter über das Mitteldeck und durch den schmalen Gang zurück in ihre Kammer. Sie verriegelte die Tür, legte sich ins Bett und zog die Decke über ihren Kopf.

Sie ärgerte sich über ihre Ängstlichkeit. Der Seemann, dem sie soeben begegnet war, hatte eigentlich nichts Furchterregendes an sich. Er war sogar ausgesprochen höflich gewesen. Außerdem hatte er recht, sie war hungrig, aber vor allem durstig. Den letzten Schluck des abgestandenen Wassers hatte sie vor mehreren Stunden getrunken.

„Morgen muss es geschehen", dachte sie, „länger halte ich es nicht mehr aus."

Am nächsten Tag verließ Diane mehrmals ihre Kammer. Die Angst, an Deck gesehen zu werden, ließ mit der Zeit nach und sie wurde immer mutiger. Jedes Mal lief sie nach Steuerbord, wo das Land immer näher an das Schiff heranrückte. Manchmal sah sie Seeleute an Deck arbeiten, beachtete sie aber nicht und wurde scheinbar auch von ihnen nicht beachtet. Steuerbords ragte eine Landzunge weit ins Meer hinaus. In einer oder zwei Stunden musste das Schiff, wenn es seinen Kurs nicht änderte, in kürzester Entfernung an ihr vorbeisegeln.

Seit 24 Stunden hatte sie nichts mehr getrunken. Sie war halb verdurstet, zwang sich aber, den richtigen Zeitpunkt ruhig abzuwarten.

Die Sonne stand hoch am Himmel, als sie wieder auf das Mitteldeck eilte. Kein Mensch war zu sehen. Das Schiff hatte gerade die größte Nähe zu dem Landvorsprung erreicht. Sie schätzte, dass es nicht mehr als zwei Meilen waren. Sie konnte deutlich den weißen Gischtstreifen der Brandung gegen die Felsen erkennen. Oben auf der Klippe erstreckte sich in alle Richtungen sattgrünes, baumloses Weideland. Es musste Irland sein. Das Mitteldeck lag weniger als vier Meter über dem Wasser. Mit einem Kopfsprung würde sie kaum Lärm verursachen. Eine plötzliche Angst befiel sie. Das Land sah so einsam aus. Wenn sie jetzt einen Fehler machte? Sie verdrängte den Gedanken. An Bord konnte sie auch nicht bleiben, dann würde sie lieber umkommen. Sie zog die Stiefel aus, legte Francis' schönen Gürtel sorgfältig daneben, kletterte über die Reling und sprang, ohne zu zögern.

8. Die Flucht

Diane spürte nicht die Kälte des Wassers und begann mit ruhigen Zügen zu schwimmen. Sie schätzte, dass sie bis zur Küste eine gute Stunde brauchen würde. Kein Problem, sie hatte schon längere Strecken zurückgelegt. Das Schiff entfernte sich rasch, offenbar hatte niemand ihre Flucht bemerkt.

Das Meer, das ihr vom Schiff aus glatt erschienen war, erwies sich von unten gesehen, als recht unruhig. Unregelmäßige, kleine hässliche Wellen erschwerten ihr das Schwimmen erheblich. Sie zwang sich, Ruhe zu bewahren. Das Festland, das sich so nahe vor ihr erstreckte, machte ihr Mut. Sie glaubte, bereits das Rauschen der Brandung zu hören. Das Schiff musste jetzt weit weg sein, dachte sie und wandte den Kopf, um es am Horizont entschwinden zu sehen. Das Schiff war jedoch keineswegs außer Sichtweite. Es lag zwar klein auf dem Wasser, schien seine Fahrt aber gestoppt zu haben. Das beunruhigte sie aber nicht übermäßig. Sie kam sich selbst so winzig in diesem weiten Meer vor. Sie war so gut wie unsichtbar.

Ihre Überlegungen wurden von einer Welle unterbrochen, die sie ins Gesicht traf und ihre Nase mit Salzwasser füllte. Sie musste husten, um wieder Luft zu bekommen, doch diese harmlose Episode raubte ihr einen Gutteil ihrer Kraft. Sie drehte sich auf den Rücken, um wieder zu Atem zu kommen und anschließend konzentriert ihre Schwimmzüge fortzusetzen. Das weite Hemd behinderte ihre Bewegungen, aber das Wichtigste war, dass sie ruhig blieb.

Die Sonne war hinter Wolken verschwunden und es wurde dunkler. Sie schätzte, dass sie mittlerweile etwa eine halbe Stunde geschwommen war, fühlte sich aber noch ausreichend kräftig. Zug um Zug kämpfte sie sich vorwärts. Sie hatte jeden Zeitbegriff verloren. Es schien ihr, als wäre sie schon eine Ewigkeit geschwommen und würde nie mehr damit aufhören. Ihre

Gedanken versiegten, sie war eine Maschine, die ohne eigenen Willen arbeitete.

Nach einer Zeit – ob es Minuten waren, oder Stunden, konnte sie nicht beurteilen – zwang sie ihre Aufmerksamkeit in die Realität zurück. Der säulenartige Felsen, auf den sie zugesteuert war, lag jetzt rechts von ihr und hatte sich entfernt. Langsam zog das Land an ihr vorbei. Eine Strömung verwehrte ihr den Zugang.

Schlagartig überfiel sie die Aussichtslosigkeit ihrer Situation. Sie würde die Küste niemals erreichen. Die Kälte war ihr bis ins Mark gekrochen, ihre Glieder waren steif und wie gelähmt und gehorchten kaum noch ihrem Willen. Die Verzweiflung raubte ihr allen Mut. Ihre Gelassenheit war im Angesicht des Todes verschwunden. Schon zum zweiten Mal innerhalb weniger Tage wollte sie nicht sterben. Tränen traten in ihre Augen und verloren sich sofort im endlosen Meer. Sie wusste, sie würde nur noch wenige Minuten durchhalten.

Sie wandte den Kopf nach links zu dem Segler, der scheinbar immer noch in derselben Entfernung im Wasser lag. Dabei bemerkte sie zwei Boote, die zwischen ihr und dem Schiff auf den Wellen tanzten. Eines von ihnen erschien so klein wie ein Punkt, das zweite war aber so nah, dass sie vier Männer darin erkennen konnte. Sie hatte die Wahl zwischen dem Ertrinken und dem rettenden Kahn. Die Einsamkeit des schwarzen, kalten Ozeans erschien ihr jetzt so furchterregend, dass alles in ihr nach diesem kleinen Boot voller Piraten strebte. Das Fahrzeug näherte sich mit gleichmäßigen Ruderschlägen. Die Männer hatten sie noch nicht gesichtet und blickten suchend über das Meer. Diane nahm ihre letzte Kraft zusammen, stemmte sich aus dem Wasser, winkte mit beiden Armen und schrie so laut und schrill sie konnte. An der Bewegung im Boot merkte sie sofort, dass man sie gehört hatte. Ein Schluchzen drang aus ihrer Kehle, sie wusste nicht, ob aus Erleichterung oder Verzweiflung. Jetzt hatten die Männer Diane gesehen, sie ruderten zielstrebig auf sie zu. Entkräftet wartete sie, bis das Boot sie erreicht hatte. Als sie sich an dem umlaufenden Seil festklammerte, wollten ihre Finger kaum noch gehorchen. Ein Mann beugte sich vor, er machte keine Anstalten, sie herauszuziehen, sondern sagte: „Sie haben jetzt die Wahl zwischen den Haien unter ihren Füßen und dem Leben an Bord meines Schiffes."

Es war der Kapitän, der zu ihr sprach, doch Diane war kaum noch in der Lage, dies wahrzunehmen. Nur beim Wort ‚Haie' zog sie erschreckt die Beine an und blickte angstvoll in die schwarze Tiefe. Alles, was sie wollte, war, dass man sie endlich aus dem Wasser zog, aber niemand bewegte sich.

„Wenn wir Sie jetzt herausholen", fuhr der Kapitän ungerührt fort, „werden Sie sich dann unterwerfen und auf dem Schiff mitarbeiten?"

Sie antwortete nicht, sie bekam das ‚Ja' nicht über die Lippen. Endlose Sekunden verstrichen. Ihre Finger glitten von dem Seil. Sie hatte nicht mehr die Kraft, sich festzuhalten. Entkräftet ließ sie sich nach hinten sinken.

Sofort kam Leben ins Boot. Zwei Hände packten ihre Arme, zogen sie am Rumpf entlang zum Heck und hievten sie an Bord. Wie ein toter Fisch lag sie auf den Brettern, unfähig, sich zu bewegen. Die Männer zerrten sie hoch und setzten sie auf die Bank. Neben ihr saß der Kapitän. Die Ruderer hatten die Riemen wieder aufgenommen und steuerten mit kräftigen Schlägen auf das Schiff zu. Ein lauter Pfiff ertönte, leise kam die Antwort vom anderen Boot.

Diane nahm alles wie durch einen Nebel wahr. Das Meer hob sich abwechselnd links und rechts des Bootes. Krampfhaft klammerte sie sich an die Ducht. Ihr war schlecht. Sie schloss die Augen und atmete tief durch. Schon wieder war sie hilflos, ausgeliefert, genau wie vor einer Woche. Ihre Lage hatte sich um nichts verbessert. Das Schiff, auf das sie zurückgebracht wurde, näherte sich unaufhaltsam. In hilfloser Wut fuhr sie den Kapitän an: „Das ist Erpressung, Sie haben kein Recht, mich zu irgendwas zu zwingen!"

Der Mann neben ihr explodierte förmlich. Er packte sie an den Schultern und schrie sie an. „Erpressung! Mehr wissen Sie nicht zu sagen, wenn acht Mann eine Stunde lang nach Ihnen suchen? Wenn ein ganzes Schiff in Gefahr gerät, weil es fünf Meilen vor einer Leeküste beidrehen muss!? Da fällt Ihnen nichts weiter ein als Ihre juristischen Floskeln!?"

Diane fuhr zusammen und sah den Kapitän erstaunt an, aber erwiderte nichts. Er ließ sie sofort wieder los und sie kauerte sich auf der schmalen Holzbank zusammen. Die sich hochdrängenden Tränen kämpfte sie zurück. Um nichts in der Welt wollte sie jetzt Schwäche zeigen. Sie zitterte. Der schneidende Wind entzog ihr den letzten Rest von Wärme und ihr Körper bebte unkontrolliert, sie hatte ihn nicht mehr in ihrer Gewalt.

Als sie beim Schiff anlangten, dämmerte es. Die Brise hatte aufgefrischt und das Schiff vibrierte unter der Spannung der gegensätzlichen Segelstellung. An der Stelle, von der sie vor Stunden ins Wasser gesprungen war, kletterte sie jetzt erschöpft und geschlagen wieder hoch. An Deck hielt der Kapitän sie kurz fest und sagte: „Sie ziehen sich etwas Trockenes an und kommen dann zu mir in die Messe." Es war ein Befehl, der keinen Widerspruch duldete. Offenbar war er der Ansicht, sie stünde nun unter seinem Kommando.

Diane fühlte sich besiegt, ihre Widerstandskraft war erloschen. Ohne zu antworten, stieg sie die Treppe in den dunklen Gang hinunter. In ihrer Kammer zog sie ihre eigenen Sachen an, die mittlerweile trocken waren, und darüber Francis' Pullover. Trotz der wärmenden Kleidung konnte sie das immer wiederkehrende Schütteln nicht unterdrücken.

Ohne lang zu überlegen, ging sie wieder hinauf aufs Mitteldeck. Die Messe fand sie gleich, ohne zu suchen, da sie Stimmen von dort vernahm. Sie zwang sich, den Türgriff herunterzudrücken, und stand im Raum. Die Messe war nicht groß und wurde von dem gelben Licht einiger Laternen erhellt. Es war warm und verraucht. Um eine Mitteltheke gruppierten sich mehrere nur zum Teil besetzte Tische. Etwa zehn Männer saßen da, spielten Karten, tranken und unterhielten sich.

Unschlüssig blieb sie in der Tür stehen, bis sie an einem Tisch den Kapitän mit einem älteren Mann sitzen sah. Sie ging auf die beiden zu und spürte die verstohlenen Blicke der Anwesenden.

Der Kapitän erhob sich und forderte sie auf, an der gegenüberliegenden Seite Platz zu nehmen. Er ging zur Theke und befahl dem Mann an der Bar: „Mike, bring der Dame etwas Warmes, sie friert's." Der Mann, den der Kapitän Mike genannt hatte, brachte ihr ein Glas mit einem dampfenden Getränk. Seit über 24 Stunden hatte Diane nichts mehr getrunken, gierig leerte sie das Glas. Es war verdünnter Rum mit Zucker. Sofort breitete sich die Wärme in ihren Körper aus, gleichzeitig versetzte sie der Alkohol in einen entspannten, schläfrigen Zustand. Dann brachte Mike einen Teller heißer Suppe. Diane war halb verhungert und löffelte die Suppe langsam in sich hinein. Der Kapitän unterhielt sich indessen mit dem älteren Mann am Tisch. Der hatte ein rundliches, freundliches Gesicht, schütteres Haar und hellblaue Augen, an deren Winkeln tief eingeprägte Lachfalten weiße Furchen in die gebräunte Haut zogen. Diane schätzte ihn auf etwa fünfzig Jahre.

Die Suppe tat ihr gut. und allmählich breitete sich wieder Wärme in ihrem Körper aus.

Die ganze Szenerie hatte etwas unwirklich Normales. Diane blickte in die Runde. Sie saß in einem Pub mit anderen Gästen, die nichts von den Männern unterschied, die sie an Land kennen gelernt hatte. Nach einer Weile wandte sich der Kapitän ihr zu. „Das ist Mr. Byrnes, mein erster Offizier. Er kümmert sich um die Organisation an Bord." Mr. Byrnes sagte nichts, sondern blickte sie nur prüfend an.

Der Barkeeper brachte weitere Getränke und der Kapitän schob Diane eine Tasse Tee zu, die andere nahm er selbst. Dann fuhr er fort: „Sehen Sie sich das bitte an." Er zog eine Karte hervor und breitete sie auf dem Tisch aus. Diane hielt ihren Tee mit beiden Händen, um sie aufzuwärmen, und nahm kleine Schlucke, die heiß ihre Kehle hinunterrannen.

„Hier befinden wir uns jetzt. Das Land, das Sie steuerbords gesehen haben, ist die Südspitze Irlands. Diese kleine Landzunge hier haben Sie versucht, zu erreichen. Es ist eine Insel der Bull's Rock. Wir segeln so dicht an der Küste, weil uns hier eine günstige Strömung rasch voranbringt. Diese Strömung hat auch Sie nach Norden abgetrieben. Sie hätten die Insel niemals erreicht, und selbst wenn Sie nahe genug herangekommen wären, die starke Brandung hätte Sie gegen die Klippen geworfen. Und selbst, wenn es Ihnen gelungen wäre, sich an Land zu retten, Sie wären bald verdurstet und verhungert. Die Felsen sind unbewohnt, karg und rau, und Schiffe kommen hier nur selten vorbei." Er machte eine Pause.

„Also ziemlich schlechte Karten für Sie. Außerdem wimmelt es in den Gewässern westlich von Irland von Haien aller Art. Sie können froh sein, dass Sie noch im Besitz aller ihrer Gliedmaßen sind."

Der Kapitän lehnte sich zurück und sprach weiter: „Wir sind jetzt auf dem Weg zu den Aran-Inseln. Die liegen in der Nähe von Galway. Da bleiben wir ein paar Tage. Danach segeln wir in die Karibik. Dort liegt unser Stützpunkt auf der Insel St. Vincent. In etwa neun Wochen werden wir auf Hispaniola anlegen. Bis dahin ist es Ihnen nicht möglich, das Schiff zu verlassen, es sei denn auf solch selbstmörderische Art wie heute. Sie werden in dieser Zeit das Leben eines Seemanns kennenlernen."

„Das Leben eines Seemanns!", empörte sich Diane. „Sie reden, als befände ich mich hier auf einem biederen Handelsschiff."

„Seien Sie froh, dass Sie sich auf einem Piratenschiff befinden. In der Handelsmarine ist das Leben ungleich härter als bei uns."

Sie sah den Kapitän skeptisch an, doch er fuhr fort: „Ich hatte nicht den Eindruck, als wäre Ihrem Mann viel daran gelegen, Sie freizubekommen. Vielmehr hat er Sie durch sein Verhalten dem sicheren Tod ausgeliefert. Sie gehören jetzt mir."

Diane zuckte zusammen. „Ich gehöre niemandem!", rief sie empört. „Was nehmen Sie sich heraus?"

Ungerührt fuhr er fort: „Sie werden an Bord bleiben, bis wir unser Ziel in der Karibik erreicht haben. Ob Sie wollen oder nicht, Sie sind jetzt ein Teil der Mannschaft. Und wenn Sie nicht spuren oder sich weitere Unverschämtheiten erlauben, werden Sie die Konsequenzen zu spüren bekommen. Jetzt gehen Sie zu Bett. Morgen um acht Glasen melden Sie sich bei Mr. Byrnes."

Wie im Traum schwankte Diane den Weg zu ihrer Kabine hinunter, zog sich aus und verkroch sich in ihrem Bett. Von einer Abhängigkeit war sie jetzt in die nächste geraten. Verzweifelt wickelte sie sich in ihre Decke und schlief erschöpft ein.

9. Decksarbeit

Diane wurde von der Schiffsglocke geweckt. Sie zählte sechs Schläge. Jede halbe Stunde kam ein Schlag dazu, so viel hatte sie mittlerweile verstanden. Sie hatte also noch eine Stunde Zeit, um sich bei Mr. Byrnes zu melden. In ihrem Bett war es warm, sie fühlte sich erholt, zog aber die Decke noch einmal über ihre Schultern und dachte nach. Der Kapitän betrachtete sie also als seinen Besitz. Sie als Mensch zählte nicht, wie sie es seit vielen Jahren bereits gewohnt war. Alles in ihr revoltierte gegen die Zumutung, das willen- und rechtlose Eigentum eines anderen zu sein. Dass Regeln auf einem Schiff äußerst streng waren, wusste sie, alles jedoch würde sie sich nicht gefallen lassen.

Bei sieben Glasen schälte sie sich widerwillig aus ihrem Bett. Der bevorstehende Tag machte ihr Angst. Vorsichtig schlich sie an Deck, wo sie einige Seeleute bei der Arbeit sah. Manche, aber nicht alle, schauten hoch und blickten sie interessiert an. Diane eilte in die Messe und hoffte, dort ein Frühstück zu erhalten. Der Raum war fast leer, aber Mike, der Schiffskoch, räumte auf und war dabei, die Tische zu putzen. Fröhlich begrüßte er sie: „Hallo Lady, Sie möchten sicher etwas zum Beißen." Diane setzte sich an die Theke: „Wenn das möglich wäre, würde ich mich freuen."

Mike verschwand und kam bald darauf mit einer Kanne gezuckertem Tee und einem Teller mit einer Riesenportion Rührei mit Speck zurück.

„Ich bin der Koch hier auf dem Schiff. Meine äußerst wichtige Aufgabe ist, die Leute bei Laune zu halten. Sie müssen heute sicher auch hart arbeiten, da brauchen Sie eine Grundlage."

Mike war unbekümmert, freundlich und redselig. Diane war erleichtert, in ihm jemand gefunden zu haben, mit dem sie sprechen konnte.

„Der Raum ist fast leer, wo sind all die Männer?"

„Die meisten hängen noch in ihren Kojen rum. Viele arbeiten erst eine Runde und kommen dann in die Messe."

„Wie steht die Mannschaft dazu, dass ich hier bin?"
„Nun, man muss wohl sagen, dass die meisten nicht begeistert sind. Manche denken, Frauen bringen Unglück, außerdem machen sie Sie für das verantwortlich, was mit Paul geschehen ist. Es hat hitzige Diskussionen darüber gegeben, was mit Ihnen geschehen soll. Einige wollten Sie an Land setzen, die meisten aber gleich ins Meer werfen. Aber letztendlich hat John sich durchgesetzt. Aus irgendeinem Grund hat er sich in den Kopf gesetzt, Sie an Bord zu behalten."

Über Mikes Worte war Diane äußerst beunruhigt, sie befand sich also auf feindlichem Gebiet.

Mike aber fuhr fort: „Der Tod von Paul hat John wie uns alle schwer getroffen. Ich weiß nicht, was er mit Ihnen vorhat. Aber an Ihrer Stelle würde ich vermeiden, mich nachts in der Nähe der Reling aufzuhalten, ein ‚Unfall' ist schnell passiert."

„Meinen Sie, jemand könnte mir etwas antun?", fragte sie erschrocken.

„So genau kann ich das nicht beurteilen aber passen Sie auf sich auf! Übrigens können Sie mich ruhig Mike nennen, an Bord sind wir nicht so förmlich, schließlich sind wir Piraten", lachte er.

„Ich heiße Diane."

„Ach, Daiana!", er sprach den Namen auf die englische Art aus.

„Nein Diane, das ist Französisch. Meine Eltern waren Franzosen."

„Das ist ja interessant. Einer der größten Gegner deiner Anwesenheit auf dem Schiff ist auch Franzose. Er heißt Hervé. Aber Franzosen sind eben etwas rückständig und abergläubisch", er unterbrach sich. „Entschuldigung, ich meinte natürlich nicht dich oder deine Eltern."

Diane musste lachen. Das Gespräch mit Mike war entspannt und locker, jedoch beunruhigte sie die Feindschaft der Crewmitglieder aufs Äußerste.

„Ich soll mich bei Mr. Byrnes melden. Wo finde ich ihn?"
„Schau mal auf dem Achterdeck. Dort hält er sich meistens auf."

Diane verließ die Messe und stieg vorsichtig den Aufgang zum Achterdeck hoch. Dort herrschte rege Aktivität. Sie erkannte den bärtigen Matrosen mit Brille am Steuerrad. Einige Männer waren dabei, die Wanten hochzuklettern, um sich an den Segeln zu schaffen zu machen, und hinten an der Reling stand Mr. Byrnes.

„Guten Morgen, gut geschlafen? Sie fangen heute mal mit einer einfachen Aufgabe an. Sehen Sie die Männer auf dem Mitteldeck?" Vier Männer kauerten auf dem Boden und bearbeiteten die Planken. „Francis wird Ihnen das Vorgehen erklären."

Irritiert kletterte Diane zusammen mit Francis den Niedergang hinunter. Geputzt hatte sie noch nie, dafür hatte es immer Bedienstete gegeben. Diese Arbeit, fand sie, war unter ihrer Würde. Sie wollte aber auch nicht gleich unangenehm auffallen.

Francis zeigte auf eine Ecke, in der einige Eimer und ein Sack standen. „Also, du holst dir dort eine Bürste, einen Eimer Wasser und eine Schaufel voll Sand. Dann schüttest du das Wasser über das Deck, streust Sand drauf und schrubbst, bis die Planken weiß sind." Nach einer kurzen Pause fügte er hinzu: „Auf dem Schiff sprechen wir uns übrigens alle mit Vornamen an. Ich heiße Francis, das weißt du ja schon. Hast du etwas dagegen, wenn ich dich Diane nenne?"

„Ganz und gar nicht", erwiderte Diane. Nach einem Blick auf das Deck bemerkte sie etwas irritiert: „Die Bretter sind doch schon völlig sauber."

„Das sieht nur so aus. Wenn man das drei Tage nicht macht, werden die Planken bei Nässe rutschig, und bei Seegang, wenn das Schiff krängt, geht man dann schnell über Bord."

Diane fügte sich und tat, was Francis ihr erklärt hatte. Das Mitteldeck erschien ihr jetzt riesig und es würde eine Ewigkeit dauern, bis alle Bretter bearbeitet waren. Das Rutschen auf den Knien und die Berührung der Hände mit dem scharfen Sand schmerzten. Wiederholt blickte Diane verstohlen auf, um zu sehen, ob sie in dieser niedrigen Position beobachtet wurde, aber niemand beachtete sie. In regelmäßigen Abständen ertönte die Schiffsglocke, die das langsame Fortschreiten der Zeit verkündete. Meter für Meter arbeitete sie sich über das Mitteldeck. Nach zwei Stunden konnte sie ihre Arme und Schultern kaum noch bewegen. Die Matrosen, die mit ihr die Arbeit erledigten, taten dies scheinbar mühelos und unterhielten sich lebhaft untereinander. Sie aber wurde von ihnen völlig ignoriert.

Die Glocke hatte bereits siebenmal geschlagen, als ein Matrose in Dianes Nähe das Deck überquerte. Er stolperte über ihren Eimer, dessen Inhalt sich über ihre Hose ergoss, so dass sie völlig durchnässt war. Ohne ein Wort ging der Mann weiter. Diane blickte ihm nach und fragte sich, ob seine Ungeschicklichkeit nicht etwa Absicht war.

Als die Glocke achtmal ertönte, sprangen die Männer auf und räumten ihre Utensilien beiseite. Diane tat dergleichen. Offensichtlich war dies das Signal, die Arbeit zu beenden. Unschlüssig stand sie auf dem Deck, bewegte ihre steifen Arme und Schultern und sah den Leuten nach, die in der Messe verschwanden.

In der Mittagshitze war ihre Hose fast getrocknet, so wie auch ihre Kehle. Brennender Durst plagte sie, also nahm sie ihren Mut zusammen und begab sich in Richtung Messe.

Vorsichtig drückte sie den Türgriff hinunter und trat über die hohe Schwelle ein. Fast alle Tische waren besetzt, Besteck klapperte, alle waren eifrig am Essen. An einem Tisch entdeckte Diane noch einen freien Stuhl, schüchtern fragte sie, ob sie sich setzen dürfe. „Besetzt", war die unwirsche Antwort. Der Mann unterbrach nicht sein Mahl und würdigte sie keines Blickes.

Dianes Magen zog sich zusammen. Ebenso wie von diesem Mann wurde sie schon den ganzen Tag von der gesamten Besatzung geschnitten. Zum Glück entdeckte sie Mike hinter der Theke, wenigstens ein Mensch, mit dem sie sprechen konnte.

„Gibst du mir bitte etwas zu trinken", bat sie, „oder bin ich auch für dich Luft?"

„Keineswegs", war die freundliche Antwort, „du bist doch sicher auch hungrig. Bleib einfach hier stehen und kümmere dich nicht um den Rest."

Hastig aß Diane ihr Mittagessen, das übrigens ausgezeichnet schmeckte.

„Die Glocke regelt anscheinend die Arbeitszeiten", merkte sie an, als sie ihr Mahl beendet hatte.

„Ja, sie schlägt jede halbe Stunde. Bei acht Glasen ist die Schicht zu Ende. Es folgen acht Stunden Freizeit, dann beginnt die nächste Schicht. Du musst also um acht Uhr wieder antreten. Davor kommst du wieder zu mir und stärkst dich."

Die ablehnende Haltung der Mannschaft lastete auf Dianes Seele. Um ihr zu entgehen, flüchtete sie sich in ihre kleine Kammer, schloss sich ein und verbrachte die Nachmittagsstunden mit Dösen, Langeweile und dunklen Gedanken.

10. Aran

Seit drei Tagen segelte das Schiff an der irischen Küste entlang. Diane hatte sich an den Rhythmus der Schichten gewöhnt. Ihre Aufgaben waren niedrige Arbeiten, wie das Deck schrubben, oder abblätternde Farbe mit einem Spachtel abkratzen, wobei kein Farbsplitter auf den Brettern zurückbleiben durfte. Der Anspruch an Ordnung und Sauberkeit auf dem Schiff war um vieles höher, als sie es von ihrem früheren Leben gewohnt war. In der Messe hatte sie sich damit abgefunden, allein an einem Tisch zu sitzen. Nachdem immer alle Plätze besetzt waren, wenn sie danach fragte, hatte sie resigniert aufgegeben. Immerhin waren Mike und Francis immer freundliche Ansprechpartner. Ohne sie wäre Diane vereinsamt und wie eine welke Blume eingegangen.

Die Nachmittage in ihrer Kammer waren öde und leer, deshalb blieb sie in ihrer freien Zeit oft an Deck, beobachtete die schäumende Bugwelle, die schwellenden Segel, genoss die Meeresluft und die leichte Dünung. Der Wind wehte schwach, aber dank einer nördlichen Strömung kamen sie voran. Einsamkeit war für Diane nichts Neues. Auf dem Schiff war es nicht anders, als sie es bereits seit Jahren kannte. Allmählich glaubte sie daran, dass es ihr Schicksal war, allein, ungeliebt und gemieden zu sein.

Der größte Teil der Mannschaft ignorierte sie völlig, während einige keine Gelegenheit ausließen, sie zu piesacken. Sie warfen ihren Eimer um, verwirrten mit einem Tritt ihre sorgfältig aufgeschossenen Taue und scheuchten sie in der Messe umher, wenn es ihre Aufgabe war, Getränke auszuteilen. Die Bezeichnung für sie war ‚Engländerin'. So hieß es: „He, Engländerin, wo bleibt mein Bier! Engländerin, putz mal den Tisch! Engländerin, der Wein ist sauer!" Diese Bezeichnung beleidigte sie zutiefst, aber sie schluckte stoisch alles hinunter, um die Situation nicht noch mehr aufzuheizen.

Ihre liebste Arbeit war, Mike in der Kombüse zu unterstützen. Wenn man ihr vor einem Monat gesagt hätte, sie würde sich als Küchenhilfe wohlfühlen, hätte sie herzlich gelacht. Aber in Mike hatte sie einen Ansprechpartner gefunden und während sie Zwiebeln und Kartoffeln schälte, war sie nicht allein.

In der Messe setzte sich Francis manchmal an ihren einsamen Tisch und leistete ihr Gesellschaft. Ihn fragte sie auch nach dem Ziel ihrer Reise.

„Was habt ihr auf den Aran-Inseln vor?"

„Da stammen einige von uns her. Wir wollen unsere Familien besuchen und ihnen einen Teil unserer Beute bringen, damit sie würdig leben können."

Schon zum zweiten Mal wurde sie auf das Elend der irischen Bevölkerung aufmerksam gemacht. Wenn in den Konversationen, die sie früher geführt hatte, von Iren die Rede war, wurden sie als so etwas wie Untermenschen beschrieben, dadurch hatte sie sich Irland als eine Gegend vorgestellt, in der die Bevölkerung dumpf und primitiv in Lehmhütten vegetierte. Die Steigerung davon waren irische Piraten, die waren keine Menschen, sondern so etwas wie Tiere.

Die Iren dagegen, die sie auf dem Schiff sah, waren durchaus Menschen, die sich ihr gegenüber jedoch feindlich und ablehnend verhielten. Sie waren an ihrer Aussprache erkennbar und Diane beobachtete in der Messe, dass sie redselig, fröhlich und sangesfreudig waren. Von ihrer einsamen Ecke aus sehnte sie sich danach, diesem Haufen anzugehören und in ihre Gemeinschaft aufgenommen zu werden.

Am Morgen des fünften Tages wurde sie vom lauten Rasseln der Ankerkette geweckt. Es war draußen noch dunkel, als sie das Schnappen des Schlosses in ihrer Tür hörte. „Du bleibst in deiner Kammer", rief eine Stimme. „Befehl vom Käpt'n."

Das Geräusch ließ Diane aufspringen. Sie stürzte zur Tür, die sich nicht öffnen ließ. „Was soll das!", schrie sie, trommelte mit den Fäusten, traktierte die Tür mit Fußtritten und trat mit aller Kraft gegen die dünne Wand, die sie von der Kapitänskajüte trennte, in der Hoffnung, diese möge bersten. Sie schrie und tobte. Sie konnte es nicht glauben, sie ertrug es nicht, schon wieder eingesperrt zu sein. Verzweifelt und erschöpft fiel sie nach einer Weile auf ihr Bett. Tränen der Wut liefen über ihre Wangen.

Kurz danach hörte sie Francis' Stimme: „Diane, ich komm rein. John sagt, ich soll dich beruhigen, bevor du das Schiff auseinandernimmst."
Wieder das Geräusch des Schlüssels. Francis trat ein und schloss hinter sich ab. Er hatte eine Kanne Tee und zwei Tassen dabei. Er setzte sich auf den Stuhl, schenkte den Tee ein und reichte ihr eine Tasse. Diane reagierte nicht.

„Was soll das, warum sperrt ihr mich ein!"
„Wir ankern vor Aran. Es ist saugefährlich. Im Hafen von Galway liegen zwei Kriegsschiffe, wenn die mitbekommen, dass wir hier sind, sind wir dran. Von hier aus hättest du eine reelle Chance, an Land zu kommen, das will John nicht riskieren, er vertraut dir nicht."

„Da hat er recht. Ich würde ihn sofort verraten", erwiderte sie wütend.

„Sei nicht böse, es dauert nur drei Tage, dann hauen wir hier ab und segeln über den Ozean."

„Was wollt ihr eigentlich hier?"
„Unsere Familien besuchen. John will unsere Mutter überreden, Geld anzunehmen, sie ist nicht ..."
„UNSERE Mutter??"
„Ja, John ist mein Bruder, wusstest du das nicht?"
Wieder reichte er ihr die Tasse, diesmal nahm Diane sie an. Der süße, warme Tee tat ihr gut.

„Unsere Mutter ist nicht begeistert davon, wie wir unseren Lebensunterhalt verdienen. Sie weigert sich, Hilfe von uns anzunehmen, aber wir haben noch drei Schwestern, die sind nicht so pingelig, über die klappt das."

Beide tranken den Te, und Diane beruhigte sich allmählich.
„Zu Mittag bringe ich dir zu essen. Möchtest du etwas zum Lesen? Wir haben jede Menge Fachliteratur über Schifffahrt."

Als er gegangen war, legte Diane sich aufs Bett. Ihr Herzschlag beruhigte sich allmählich. Nach einer Weile schob sie den Stuhl zur Luke. Wenn sie sich auf Zehenspitzen stellte, konnte sie einen Blick nach draußen werfen. Das Schiff hatte sich um den Anker gedreht und sie konnte das Land, das zum Greifen nah war, sehen. Sie war so dumm gewesen. Von hier aus hätte sie gefahrlos ans Ufer schwimmen können.

Um die Mittagszeit erschien Francis mit dem obligatorischen Tablett und dem Wassereimer. Neben dem Teller lag ein Buch.

„Bleibst du eine Weile? Es ist so langweilig", bat Diane.

„Gern", erwiderte Francis.

Diane begann zu essen, sie war hungrig und Mikes Gerichte schmeckten vorzüglich.

„Wie kommt es, dass ihr die Piratenlaufbahn eingeschlagen habt?"

„Das ist eine längere Geschichte. Unser Vater war Fischer. Eines Tages kam er nach einem Sturm nicht mehr zurück. Er und das Boot sind verschollen. Wir waren plötzlich völlig mittellos, ohne Boot und ohne Geld. John ist der Älteste und versuchte, uns über Wasser zu halten, indem er auf einem Fischerboot anheuerte. Aber es reichte hinten und vorne nicht, außerdem wurde er betrogen und seine Heuer unregelmäßig ausgezahlt."

Francis wurde lebhaft und erzählte voller Eifer weiter, als ob es sich um den besten Lausbubenstreich seines Lebens handelte: „Dass wir Räuber geworden sind, war eher Zufall. Paul und John waren schon als Kinder Freunde, später steckten die beiden und ihre Kumpels immer im Pub zusammen, die wollten irgendwas unternehmen, um aus der Scheiße rauszukommen, aber keiner wusste, was.

Die Gelegenheit hat sich ganz überraschend und zufällig ergeben, als eines Tages ein Schoner bei uns ankerte. Es war so 'ne Art Lustschiff, auf dem irgendein Lord seine Lady spazieren führte. Als die Mannschaft sich im Pub die Rübe volllaufen ließ, sind John und Paul und noch vier andere – drei davon sind jetzt noch bei uns – aufs Schiff, haben die restliche Mannschaft, den Lord und Gemahlin über Bord geschmissen und sind mit dem Schoner weg. Ich war damals 13 und bin ihnen nicht von der Ferse gewichen. Das wollte ich mir nicht entgehen lassen. Sie haben zwar immer versucht, mich zu verscheuchen, aber ich bin einfach nicht mehr von Bord. So bin ich eben von Anfang an dabei gewesen."

„Aber euer Schiff ist doch größer als ein Schoner."

„Das ist bereits unser drittes Schiff. Es heißt Ursa Major. John gibt ihnen immer den Namen von Sternen. Wir waren gleich recht erfolgreich, und so haben wir uns emporgearbeitet, ein Schiff nach dem anderen gekapert, und wenn es für unsere Zwecke besser gepasst hat als das alte, haben wir es einfach ausgetauscht. Jetzt sind wir aber dazu übergegangen, an Land zuzuschlagen. Bei einer Seeschlacht wären wir mit unserer kleinen Mannschaft restlos überfordert. Allein um die Geschütze zu bedienen, braucht man mindestens 100 Mann und dazu noch die Matrosen für die Segel. Unsere Taktik ist, auskundschaften, beobachten, genau planen und gezielt überfallen. Darin ist John ziemlich gut, und so kommt man mit weniger Mann und weniger Blutvergießen aus."

Den ganzen Tag lag Diane auf ihrem Bett und blätterte in dem Buch. Es war interessant, aber sie konnte sich nicht konzentrieren. Wieder war sie in einem Gefängnis. Sie dachte über die Freiheit nach, ein Zustand, der ihr seit Jahren verwehrt wurde, in ihrer Ehe, sowie jetzt als Geisel auf einem Piratenschiff und wohl auch in aller Zukunft, weil sie eine Frau war.

11. Auf der Mars

Drei Tage dauerte die Gefangenschaft, Tage, die nicht enden wollten. Diane sehnte sich nach Bewegung, danach, dass etwas passierte, sogar nach Decksarbeit, wenn es sein musste. Francis' regelmäßige Besuche retteten sie davor, in Trübsinn zu versinken. Wenn er ihr Essen brachte, blieb er immer eine Weile und leistete ihr Gesellschaft.

„John hat Pauls Familie die traurige Nachricht seines Todes überbracht. Es war sehr schwer für ihn, so wie auch der Besuch der alten Heimat insgesamt. Alte Erinnerungen werden wieder lebendig. Er ist völlig durch den Wind. Der Aufenthalt hier auf der Insel tut ihm nicht gut. Ich glaube, er lässt seine Trauer und seine Wut an dir aus. Geh ihm lieber aus dem Weg."

„Das tue ich ohnehin", antwortete Diane.

Francis fügte hinzu: „Es ist gut, wenn wir von hier wegkommen, um im wahrsten Sinne des Wortes wieder Abstand zu gewinnen."

Francis versorgte sie weiterhin mit Lektüre. Diane studierte alte Seekarten, lernte viel über Segeltechnik und vertiefte sich in Reiseberichte. Es war eine Welt, die sie zunehmend faszinierte, ebenso aber sehnte sie sich danach, den frischen Wind in der Realität zu atmen und nicht nur jenen aus Büchern.

Was sie von Francis über den Kapitän erfahren hatte, bereitete ihr Sorgen, besonders die Tatsache, dass nur eine dünne Wand sie von der Kapitänskajüte trennte. Es war somit unmöglich, wirklich Abstand zu halten. Sie war froh über den Riegel, den sie immer sofort zuschob, wenn sie sich in ihrer Kammer aufhielt, allerdings war er nicht besonders stabil und würde einem kräftigen Tritt nicht standhalten. Sie beschloss, so bald wie möglich ein Messer aus der Kombüse zu entwenden, um sich wenigstens ansatzweise verteidigen zu können.

Endlich nach drei Tagen hörte sie den Schlüssel in ihrem Schloss zurückschnappen. Vorsichtig öffnete sie die Tür und blickte in den engen Gang, sah aber keinen Menschen. Dienstbeflissen begab sie sich aufs Achterdeck, um von Mr. Byrnes Anweisungen zu erhalten. Wie erwartet war sie wieder der 8-12-Uhr-Wache zugeteilt. Die Aufgaben waren die gleichen wie vor dem Aufenthalt auf den Aran-Inseln: putzen, schrubben, Küchenarbeit und bedienen, die niedrigsten Arbeiten, die auf einem Schiff zu vergeben waren. Schlimm war die Abend-Schicht. Dunkelheit rief in ihr immer noch beklemmende Erinnerungen an ihr erstes Gefängnis hervor, außerdem hatte sie Angst, sich in der Nähe der Reling aufzuhalten, um nicht ‚aus Versehen' über Bord geworfen zu werden. Bei ruhiger See gab es nachts wenig zu tun, so verbrachte sie die dunklen Stunden auf dem Achterdeck, wo sie sich in der Sichtweite des Steuermanns einigermaßen sicher fühlte.

Ein Tag folgte dem nächsten. Sie hatten die britischen Inseln verlassen und segelten auf einem südlichen Kurs Richtung Spanien. Das Wetter war ruhig und das Schiff kam nur langsam mit höchstens vier Knoten voran.

Eines Abends, als Diane Dienst in der Messe hatte, wurde sie abkommandiert, den Offizieren, die in der Kapitänskajüte tagten, Getränke zu bringen.

„Ich möchte das nicht ", versuchte sie, sich zu weigern.

„Tut mir leid, Diane, aber es wurde ausdrücklich verlangt, dass du es machst", erwiderte Mike.

Diane wunderte sich und ahnte nichts Gutes. Sie balancierte ein Tablett, auf dem zwei Karaffen Wein und sechs Gläser standen, Richtung Achterdeck. Das Schiff hatte leichte Schlagseite und es fiel ihr schwer, nichts zu verschütten oder fallen zu lassen. Schließlich aber hatte sie selbst den steilen Niedergang bewältigt und klopfte mit Herzflattern an die Tür der Kapitänskajüte. Nach der Aufforderung einzutreten, drückte sie die Türklinke mit dem Ellenbogen herunter, das Tablett neigte sich, die Karaffen kamen ins Rutschen, aber fielen zum Glück nicht um. Nun stand sie im Raum. Um den großen Tisch saßen neben dem Kapitän der Steuermann, Mr. Byrnes, Johann der Quartiermeister und zwei weitere Seeleute. Die Männer beachteten sie nicht weiter und Diane stellte rasch Wein und Gläser auf den Tisch. „Schenk ein", befahl der Kapitän. Sie tat es mit leicht zitternden Händen, jedoch ohne etwas zu verschütten. Eilig wollte sie den Raum verlassen, aber als sie schon fast bei der Tür war, wurde sie vom Kapitän zurückgerufen.

„Du bist hier noch nicht fertig. Dort in dem Schrank findest du einen Besen und frische Bettwäsche. Bring die Kajüte in Ordnung und beziehe das Bett."

Diane wurde übel bei der Vorstellung, in Gegenwart der Offiziere diese niedrigen Aufgaben ausführen zu müssen. Dies von ihr zu verlangen, war eine bewusste Provokation seitens des Kapitäns.

Unschlüssig stand sie einen Augenblick da, dann platzte es aus ihr heraus: „Das tue ich nicht."

Alle Augen wandten sich ihr zu und für einen Moment herrschte völlige Stille.

„Wiederhol, was du eben gesagt hast", befahl der Kapitän mit ruhiger Stimme.

„Das tue ich nicht", war erneut Dianes Antwort.

„Die Dame ist sich wohl zu gut, dienende Arbeiten auszuführen", entgegnete der Kapitän sarkastisch. Seine Stimme hatte jedoch einen gefährlichen Unterton, der Diane erzittern ließ.

„Da kenne ich ein gutes Mittel dagegen", fuhr der Kapitän fort.

„Mr. Byrnes, veranlassen Sie, dass die Lady auf die Großmars begleitet wird. Dort kann sie dann die nächsten zwei Nachtwachen ausgiebig auf uns herabblicken."

Mr. Byrnes stand auf. „Folge mir", sagte er und öffnete die Tür. Diane befürchtete das Schlimmste. Die Großmars war eine Plattform auf halber Höhe des Großmastes in 20 Metern Höhe. Diane war noch nie die Wanten hochgeklettert und ihr grauste vor dem, was sie erwartete.

„Mr. Cole", sprach er einen der herumstehenden Männer auf dem Mitteldeck an, „geleiten Sie die Dame in die Großmars. Befehlsverweigerung. Sie wird die Nacht oben verbringen."

Aus den Augenwinkeln sah Diane das schadenfrohe Grinsen der zwei Matrosen, die das Geschehen beobachtet hatten. Cole dagegen schien begeistert von der Aufgabe, die ihm übertragen worden war.

Er schnappte sich ein Seil. „Auf geht's", rief er Diane zu, die noch zitternd neben dem Mast stand. „Hier, die Wanten hoch", folgte der Befehl.

Diane musste sich über die Reling schwingen, um an die Webeleinen zu gelangen, die wie eine Leiter nach oben führten. Die Leinen hingen locker zwischen den Wanten, alles wackelte und schwankte. Es hatte immer leicht und elegant ausgesehen, wenn die Männer in Windeseile nach oben geentert waren. Sie selbst schaffte kaum den ersten Schritt. Cole versetzte ihr einen kräftigen Schlag mit seinem Seil in die Beine. Mühsam zog Diane sich Stufe für Stufe empor. Ihre Arme zitterten so sehr, dass sie sich kaum festhalten konnte. Schmerzhafte Schläge von hinten trieben sie an. Mit der Höhe nahm das Schlingern des Schiffes in der Dünung zu. Alles um sie herum war in Bewegung. Krampfhaft blickte sie nach oben, um nicht die immer kleiner werdenden Männer an Deck sehen zu müssen. Die Mars war immer noch weit entfernt und ihre Beine brannten von den Schlägen. Am liebsten hätte sie losgelassen und sich in die Fluten gestürzt, um dem Albtraum ein Ende zu setzen.

Endlich hatte sie durch eine Öffnung im Boden die Plattform erreicht.

„Setz dich hin", befahl Cole.

Nachdem sie gehorcht hatte, schlang er das Seil um ihre Brust und hinter ihr um den Mast. Bevor er es verknotete, zog er es so kräftig fest, dass Diane kaum noch Luft bekam.

„Ich wünsche eine gute Nacht", sagte er hämisch und verschwand durch die Öffnung.

Das Seil schnitt in ihren Brustkorb, ihre Beine und ihr Gesäß brannten von den Schlägen und der Mast schwankte mit den Bewegungen des Schiffes. Er holte in alle Richtungen aus, vor, zurück, mal ruckartig, mal langsam. Selbst bei schwerer See hatte Diane nie ein Problem mit Seekrankheit gehabt, hier oben aber wurde ihr sofort übel. Die Sommernacht war zum Glück nicht besonders kalt und es regnete auch nicht, aber der Wind wehte in dieser Höhe gehörig, so dass sie bereits nach kurzer Zeit durchfroren war. Sie konnte sich kaum bewegen, versuchte, ihre Haare, die sich gelöst hatten, zusammenzuhalten, schlang aber schließlich die Arme um ihre Brust, um sich einigermaßen zu schützen. Über ihr rauschte und schlug das Großmarssegel und in den Wanten pfiff der Wind. Sie war allein auf der Welt, weit weg von allem und dachte, sie würde sterben.

Die Nacht nahm kein Ende, Wolken verbargen das Licht der Sterne, kein Mond erhellte die völlige Finsternis um sie herum. Die Übelkeit war entsetzlich. Sie wollte sich übergeben, aber aus ihrem leeren Magen drang nichts außer etwas Schleim. Ihre Stellung war unbequem. Sie konnte sich kaum bewegen und Krämpfe schossen durch Beine und Rücken. Nach Stunden verlor sie das Bewusstsein, hing in ihrer Fessel, der Kopf auf der Brust. Ein Windstoß erweckte sie erneut, Kälte, Übelkeit, Schmerz durchdrangen wieder jede Faser ihres Körpers.

Endlich nach einer gefühlten Ewigkeit nahm sie im Osten über dem Horizont den schwachen Schimmer der Morgendämmerung wahr. Keinen Finger konnte sie mehr bewegen und nur noch oberflächlich atmen, sie wollte sterben.

Plötzlich lockerte sich der Zug um ihre Brust. Cole war zurückgekehrt und hatte das Seil durchschnitten.

„Jetzt geht's abwärts", forderte er sie auf.

Diane wusste hinterher nicht, wie sie es geschafft hatte, hinunter aufs Deck zu gelangen, ohne abzustürzen. Ihre Arme und Beine folgten kaum noch ihrem Willen, aber wenigstens blieben beim Abstieg die Schläge aus.

Auf dem Deck musste sie sich eine Weile an der Reling abstützen, bevor sie mit unsicheren Schritten den Weg zum Niedergang einschlug, um sich in ihre Kammer zu flüchten. Aber Cole hielt sie auf.

„Hier geht's lang", sagte er und wies Richtung Messe.

Diane stolperte in die Messe, sie war voll besetzt und Dutzende Augen wandten sich ihr neugierig zu. Mike erspähte sie sofort und kam hinter der Theke hervor. „Diane", rief er erschrocken, „du siehst aber mitgenommen aus!"

Er packte sie am Arm und zog sie außer Sicht der Anwesenden in die Kombüse.

„Setz dich hin. Hier ist es warm und keiner glotzt dich an. Du musst dich erst mal erholen."

Erschöpft sank Diane auf den bereitgestellten Stuhl. Sie vergrub ihr Gesicht in ihren Händen und atmete tief durch.

Mike brachte ihr ein heißes Getränk. Es war starker Tee mit einer gehörigen Portion Zucker. „Es war sicher sehr ungemütlich da oben, aber hier bist du in Sicherheit."

Mikes Fürsorge weckte sie aus ihrer Erstarrung und dank des warmen Getränks kam sie wieder zu sich.

„Ich dachte, ich sterbe da oben", stöhnte sie.

„Du hast es überstanden, pass auf, dass es dir nicht wieder passiert. Leg dich nicht mit dem Kapitän an. Gehorsamsverweigerung ist keine Kleinigkeit, dafür an die Mars gebunden zu werden ist noch eine milde Strafe."

Allmählich kehrten Dianes Lebensgeister zurück. Die Seekrankheit war augenblicklich verschwunden, nachdem sie wieder das Deck unter den Füßen hatte. Mit Mikes Frühstück und seiner Anteilnahme kam sie überraschend schnell wieder zu Kräften.

„Du hast jetzt einige Stunden frei, danach kommst du zu mir in die Kombüse und ich pass auf dich auf."

Mit hoch erhobenem Kopf durchquerte Diane die Messe, trotzte den neugierigen Blicken und verschwand in ihre Kammer, wo sie zuallererst frische Kleidung anzog, ihr verfilztes Haar kämmte und sich in ihre Decke wickelte. Sie war erstaunt darüber, wie schnell sie sich von den Strapazen der Nacht erholt hatte. Sie war erschöpft, kein Zweifel, aber dazu erfüllte sie eine gewisse Zufriedenheit. Es war Mikes Fürsorge, die ihr so guttat. Ihre Gefangenschaft auf dem Schiff war von vorne bis hinten eine Tortur, nicht nur körperlich, auch ihre Seele litt unter den Demütigungen und der Angst, jederzeit angegriffen werden zu können. Dann gab es aber auch etwas, das sie seit Jahren nicht mehr kannte: Freundschaft. Mike und Francis standen ihr offen zur Seite und machten kein Hehl aus ihrer Unterstützung. Diane hatte das Gefühl, sich voll auf sie verlassen zu können und so schlief sie ein, in dem Bewusstsein, nicht mehr ganz allein zu sein.

12. Eklat

Eintönig folgte ein Tag auf den anderen mit immer demselben Ablauf. Den Sticheleien der Mannschaft war sie nach wie vor ausgesetzt, aber der Kapitän hatte keine weiteren Versuche unternommen, sie zu demütigen.

Ein Matrose namens Thomas, der seiner Aussprache nach wohl Schotte war, tat sich mit kleinen Gemeinheiten besonders hervor. Er war es, der regelmäßig ihren Eimer umwarf, ihr ein Bein stellte oder aufgeräumte Gegenstände durcheinanderwarf. Dianes Abneigung ihm ebenso wie Cole gegenüber, der sie in den Wanten gepiesackt hatte, wuchs mit jeder neuen Aktion. Hervé, der Franzose dagegen, von dem sie wusste, dass er sie am liebsten über Bord geworfen hätte, ließ sie völlig in Ruhe. Er war, wie sie erfahren hatte, der Zimmermann des Schiffes, erledigte seine Arbeit zur allgemeinen Zufriedenheit, pflegte aber wenig Kontakt zur Besatzung. Meistens saß er allein in der Messe und nahm sein Mahl schweigend zu sich.

Der größere Teil der Mannschaft verhielt sich ihr gegenüber neutral, außer dass sich bei allen die Bezeichnung ‚Engländerin' durchgesetzt hatte, was sie zutiefst beleidigte.

Das Schiff hatte einen südlichen Kurs eingeschlagen. Wenn Diane sich in ihrer Freizeit auf dem Achterdeck aufhielt, spitzte sie die Ohren, wenn zwischen Mr. Byrnes und dem Steuermann die weitere Route besprochen wurde. Ebenso beobachtete sie den zweiten Steuermann, der regelmäßig mit einem Instrument den Horizont anpeilte. Sie wagte es sogar, ihn anzusprechen, und zu ihrem Erstaunen gab er ihr bereitwillig Auskunft und erklärte ihr den Sextanten, so hieß das Gerät.

Den Kapitän sah sie nur selten. Wenn sie auf dem Mitteldeck Planken schrubbte und er auf dem Weg in die Messe an ihr vorbeikam, sprang sie schnell auf, lief zur Reling und blickte angestrengt und interessiert in die Wogen. Auf keinen Fall wollte sie ihm in einer solch niedrigen Position begegnen.

In der Messe saß er meist hinten links neben der Tür zusammen mit Johann, Francis oder einem seiner Steuermänner. Er wirkte häufig übellaunig, und wenn Diane ihn bedienen musste, tat sie es rasch, ohne ihn direkt anzusehen.

Eines Abends, als sie wie so oft zum Dienst in der Messe eingeteilt war, wurde sie wie immer von einigen Männern, die sich gern damit hervortaten, herumgescheucht. ‚Engländerin' hier, ‚Engländerin' da. Diane konnte sich an diese Bezeichnung nicht gewöhnen, da sie durchaus beleidigend gemeint war. Die Messe war voll besetzt und Zorn und Ärger begannen, in ihr hochzukochen. Sie hatte ein Tablett mit mehreren Bierkrügen in den Händen und brachte die Getränke zu einer Gruppe Matrosen, die hinten im Raum saßen. Als sie einige der Krüge auf den Tisch gestellt hatte, warf plötzlich einer der Männer, es war Thomas, sein Bier aus ‚Ungeschicklichkeit' um, so dass es sich über Dianes Hemd und Hose ergoss. Im wahrsten Sinne des Wortes war das der Tropfen, der das Fass zum Überlaufen brachte. Diane nahm den letzten vollen Bierkrug vom Tablett und schüttete ihn Thomas über den Kopf. Der sprang auf und wollte sich auf sie stürzen, wurde aber von seinem Nachbarn zurückgehalten: „Du wirst doch keine Frau schlagen, außerdem hast du angefangen!"

Diane stand zitternd vor Wut neben dem Tisch und all der heruntergeschluckte Zorn platzte aus ihr heraus: „Ihr seid wohl der Meinung, ich hätte euren Freund eigenhändig umgebracht", schrie sie. „Aber so war das nicht. Ich hatte mit seinem Tod nichts zu tun. Was glaubt ihr eigentlich, was ich in dieser Angelegenheit zu sagen hatte? Außerdem habe ich einen Namen. Ich heiße Diane und bin keine Engländerin. Meine Eltern waren Franzosen! Ich wollte, sie hätten niemals Fuß in dieses verdammte Land gesetzt!" Den letzten Satz hatte sie auf Französisch hinausgeschrien. Dann rannte sie zur Tür, knallte sie hinter sich zu und flüchtete in ihre Kammer. Um nichts in der Welt wollte sie vor dieser Bande in Tränen ausbrechen.

In der Messe folgte tiefes Schweigen. Dann ertönte die Stimme des Kapitäns: „Ab sofort wird ihr mit Respekt begegnet, verstanden? Und du Francis, hol sie zurück."

Diane saß auf ihrem Bett und schluchzte hemmungslos. Wahrscheinlich hatte sie es sich jetzt mit allen endgültig verdorben. Als sie ein Klopfen an ihrer Tür hörte, reagierte sie erst nicht. Es klopfte noch einmal.

„Diane mach auf, ich bin es, Francis."

„Nein, ich will allein sein."

„Diane, mach bitte auf, ich muss dir etwas sagen!"

Schließlich erhob sie sich und öffnete Francis die Tür.

„Diane, John schickt mich. Du sollst in die Messe zurückkommen."

„Niemals! Ich bleibe hier!"

„Bitte, komm. Ich glaube, sie wollen sich bei dir entschuldigen."

Mit rotgeweinten Augen stand sie in der Tür, da umfing Francis freundschaftlich ihre Schultern und sagte tröstend: „Komm mit mir mit. Ich glaube, jetzt wird alles besser."

Ergeben folgte ihm Diane zurück in die Messe. Als sie eintraten, wandten sich alle Augen ihr zu. Schnell ging sie zur Theke und blickte zu Boden, damit nicht alle sehen konnten, dass sie geweint hatte.

„Thomas will dir etwas sagen", kam es vom Kapitän.

Ein peinliches Schweigen folgte.

„Es tut mir leid", murmelte Thomas schließlich kleinlaut, dem immer noch Bier vom langen Haar und vom Bart dropfte.

„Ich habe nichts gehört, lauter!", befahl der Kapitän.

„Es tut mir leid", wiederholte Thomas und nach einer Weile, „... Diane."

Es war still im Raum. Diane musste kämpfen, um nicht zu flüchten. Da sprach Nick, der Ire, der oft mit seiner Fiddle spielte und dazu sang: „Komm Diane, setz dich zu uns."

Zögernd und immer noch voller Misstrauen setzte Diane sich an den frei geräumten Platz. „Mike, bring uns ein Runde Rum. Wir wollen Diane als Teil unserer Mannschaft willkommen heißen", hörte sie Nick rufen.

Mike brachte das Bestellte. Die Männer erhoben ihre Gläser und stießen mit ihr an.

„Dass du Französin bist, ändert natürlich alles", entschuldigte sich einer von ihnen.

„Das ändert überhaupt nichts", protestierte Diane, „ich war auch vorher schon ein Mensch!"

Etwas betreten blickten die Männer zu Boden, dann kippten sie den Rum in ihre Kehlen. Nach der zweiten Runde entspannte sich Diane. Sie ließ sich die Namen ihrer Tischgenossen nennen und stieß mit jedem von ihnen an. Schließlich konnte sie wieder lachen und der Rest des Abends entwickelte sich unerwartet lustig und feucht-fröhlich.

Als sie schließlich in ihre Kammer wankte, war sie reichlich betrunken, empfand aber zum ersten Mal so etwas wie einen Funken Wohlbefinden.

13. Weinkauf

Es hatte sich viel verändert. Die Arbeiten, die Diane verrichten musste, waren zwar die gleichen, aber der feindliche Block, als den sie die Mannschaft bisher wahrgenommen hatte, begann sich aufzulösen. Nicht mit allen wurde sie vertraut, aber die Gesichter bekamen nach und nach Namen. In der Messe war sie inzwischen an verschiedenen Tischen gern gesehen und bald musste sie zugeben, dass sie die Matrosen mit ihrem lockeren Umgangston den ‚Gentlemen' vorzog, mit denen sie früher zu tun gehabt hatte. Nick, Eon und Will waren drei Iren, mit denen sie besonders gern zusammensaß. Sie waren wilde Burschen, die aber gern lachten, sangen und Geschichten erzählten. Auch die Abendwache war plötzlich um vieles angenehmer, da sie nicht mehr ständig Angst hatte, über Bord geworfen zu werden, und sie jetzt Gesprächspartner hatte, die ihr die Zeit verkürzten.

Auf dem Schiff stand sie mit ihren Putz- und Räumarbeiten weiterhin auf der untersten hierarchischen Stufe, nachts aber fiel sie müde und mit einer gewissen Zufriedenheit in ihr Bett. Womit hatte sie nur früher ihre Zeit verbracht? Wenn sie an ihr Leben auf Fonteyn House zurückdachte, das in ihrer Erinnerung zunehmend verblasste, sah sie Tage voller gepflegter Langeweile. Lesen, Klavierspielen, Blumen arrangieren, nichts, was wirklich Sinn ergab. Die wenigen Stunden, die sie mit den Pferden verbracht hatte, waren immer allzu schnell vergangen. Inzwischen hatten ihre Arme an Muskeln zugelegt und vieles, das ihr früher Mühe bereitet hatte, ging ihr nun leicht von der Hand. Auf dem Schiff war sie ein Rädchen im Uhrwerk und in dieser eng begrenzten Welt durchaus von Nutzen.

Mit Daniel, dem zweiten Steuermann, hatte sie inzwischen ein sehr gutes Verhältnis. Ihm gefiel ihr Interesse für die Navigation und er überließ ihr bereitwillig den Sextanten, wenn sie üben wollte, den Standort zu bestimmen. Die jeweilige Position musste täglich in die Seekarten übertragen werden. Da diese sich jedoch in der Kapitänskajüte befanden, weigerte sich Diane, ihn bei dieser Aufgabe zu begleiten, auch wenn er sie dazu einlud. Sie wusste trotzdem, dass sich das Schiff inzwischen auf der Höhe Frankreichs befand und einen südlichen Kurs navigierte, was auch an den angenehmer werdenden Temperaturen zu spüren war.

Mit dem Kapitän hatte sie wenig Berührungspunkte. Zu ihrer Erleichterung ließ er sie in Ruhe. Man sah ihn selten lachen, meistens machte er einen mürrischen oder in sich gekehrten Eindruck. Francis machte sich Sorgen um seinen Bruder.

„Er ist nicht mehr derselbe. Du hättest ihn früher kennenlernen müssen, da hättest du ihn vielleicht sympathisch gefunden." Das bezweifelte Diane allerdings. Immerhin hatte der Kapitän sie bewusst gequält, als er sie eine Woche in der Dunkelheit gefangen hielt, eine Erfahrung, von der sie sich noch nicht erholt hatte. Dunkelheit versetzte sie immer noch in Angst. Als Nick sie einmal durch das Schiff führte und ihr stolz das Kanonendeck mit den schweren Geschützen zeigte, sah sie den Platz wieder, an dem sie diese fürchterlichen Tage verbracht hatte. Ihr Strohlager am Fuße des Fockmastes war entfernt worden, kein Hälmchen mehr zu sehen, aber die Beklemmung, die sie im düsteren Deck trotz Nicks Laterne überkam, war kaum auszuhalten. Erst als sie nach dem Rundgang wieder den Himmel über sich erblickte, konnte sie befreit durchatmen.

Im Osten, außer Sichtweite, zog Frankreich an ihnen vorbei. Von Daniels Peilungen wusste Diane, dass das Land ihrer Väter, mit dem sie aber nichts wirklich verband, nicht weit entfernt war.

Sie arbeitete eines Nachmittags in der Messe, als Mike ihr ein Tablett mit einer Karaffe Wein und drei Gläsern auf die Theke stellte.

„Bring das bitte zum Kapitän in seine Kajüte."

„Ich will das nicht machen!", protestierte Diane.

„Es tut mir leid, aber es wurde ausdrücklich gewünscht, dass du das machst, Diane." Besorgt fügte er hinzu: „Pass auf dich auf und lass dich nicht provozieren."

Der Abstieg in den dunklen Gang Richtung Kapitänskajüte war für Diane wie der Abstieg in die Hölle. Sie war sich sicher, dass die nächste Demütigung auf sie wartete, und in ihrem Herzen mischten sich Angst und Trotz.

Sie klopfte an und trat ein, nachdem sie von drinnen dazu aufgefordert worden war.

Johann und der Kapitän saßen am Tisch. Diane stellte Wein und Gläser ab und wollte gleich wieder gehen.

„Schenk ein", befahl der Kapitän. „Das dritte Glas auch", fügte er hinzu, als sie nach zwei Gläsern aufhören wollte.

Als sie auch das erledigt hatte und rasch zur Tür eilen wollte, wurde sie zurückgerufen.

„Setz dich zu uns."

Erschrocken tat Diane, wie ihr befohlen worden war. Sie misstraute dem Kapitän zutiefst und machte sich auf seine nächste Gemeinheit gefasst.

„Probier den Wein."

Gehorsam nippte Diane am Glas.

„Wie findest du ihn?"

Sollte sie jetzt dafür verantwortlich gemacht werden, dass der Wein nicht schmeckte?

Sie nahm noch einen Schluck. Der Wein war keineswegs schlecht.

„Gut", antwortete sie leise.

„Beschreib ihn."

Jetzt begriff sie überhaupt nichts mehr. Aber gut, wenn er es so wollte, schließlich kannte sie sich mit Wein aus. Sie nahm noch einen Schluck, behielt ihn einige Sekunden im Mund, bevor sie zur Erklärung ansetzte:

„Der Wein ist gehaltvoll, samtig, rund im Geschmack, fruchtig mit einem Anklang von Brombeeren, aber nicht süß."

Zum ersten Mal sah sie den Kapitän herzlich lachen.

„Das ist ja hervorragend! Du eignest dich perfekt für die Aufgabe, für die ich dich vorgesehen habe."

Fragend blicke Diane ihn an.

„Wir nähern uns der französischen Küste in der Nähe von Bordeaux", erklärte er. „Wir haben noch Lagerkapazitäten auf unserem Schiff und werden Wein einkaufen. Wohlgemerkt, wir bezahlen ihn!", betonte er ausdrücklich. „Den Wein können wir an unserem Ziel mit Gewinn weiterverkaufen. Du sprichst Französisch und verstehst etwas davon, Johann dagegen kann beides nicht, aber er versteht etwas von Geld. Ihr seid also das richtige Team für diese Aufgabe."

Diane atmete tief durch und nahm noch einen großen Schluck. „Ich werde bei erster Gelegenheit fliehen."

„Das glaube ich nicht. Wohin willst du gehen, als Frau und ohne Geld? Hast du Familie in der Gegend? Das wird kaum der Fall sein, die Revolutionäre haben mit deinesgleichen gründlich aufgeräumt." Es klang, als würde er diesen Sachverhalt nicht wirklich bedauern. „Dein Zuhause ist das Schiff", fügte er hinzu.

Wie das klang, dachte Diane, als ob das Schiff für sie ein Ort des Wohlseins und der Geborgenheit sein müsste. Aber der Kapitän hatte Recht, ebenso wie in England hatte sie auch in Frankreich keine Aussichten, allein als Frau durchzukommen.

Der Kapitän erklärte ihr das weitere Vorgehen: „Wir ankern im Schutze einer Sandbank nahe der Mündung der Garonne. Unser Ziel ist die Stadt Royan. Dort am Rande des Weingebiets gibt es Weinhändler in Hülle und Fülle, die es gewohnt sind, große Mengen für den Export an Schiffe zu verkaufen. Vom Hafen halten wir uns jedoch fern. Bei den aktuellen kriegerischen Wirren wird man schnell als Spion verdächtigt. Wir hissen die französische Flagge, geben uns als Händler aus und hoffen, dass wir von keinem englischen Schiff, das die Gegend auskundschaftet, erspäht werden. Ihr kauft 50 Fässer à 50 Liter. Du bist für die Qualität verantwortlich und Johann für einen angemessenen Preis. Mit unseren Barkassen holen wir die Ware an Bord und verschwinden schnellstmöglich."

Das Schiff hatte einen östlichen Kurs eingeschlagen. Am Horizont sah Diane langsam Land aus den Fluten wachsen. In den Wanten hingen mehrere Männer mit Fernrohren, die interessiert die näherkommende Küste beobachteten. Einer lotete die Wassertiefe aus und rief dem Steuermann Zahlen zu. Allmählich konnte man flache Hügel, Weiden und Wälder unterscheiden. Mit gemischten Gefühlen blickte Diane dem Land entgegen, das eigentlich ihre Heimat sein sollte. Es war ihr ebenso fremd, wie es zum Schluss auch England gewesen war. Ein Gefühl der Heimatlosigkeit überkam sie, denn das Schiff empfand sie auch nicht als ihr Zuhause.

Die Mündung der Garonne, die eben noch unweit zu erkennen gewesen war, verschwand hinter einer Landzunge, in deren Schutz die Ursa Major schließlich den Anker warf. Alle Segel wurden in Windeseile eingeholt und am Heck flatterte die Trikolore.

Beide Barkassen wurden zu Wasser gelassen. 16 Ruderer, Diane und Johann bestiegen die Boote. Unterstützt von den beiden Segeln, mussten die Männer sich kräftig in die Riemen legen, um nicht von der Strömung des breiten Flusses in die offene See gespült zu werden. Nach zwei Stunden hatten sie endlich an einem flachen Sandstrand angelegt und Johann und Diane verließen das Boot.

„Die Männer warten hier auf die Ladung. Wir gehen jetzt in die Stadt und erledigen unseren Auftrag," erklärte Johann. Er wirkte entspannt und es hatte den Anschein, als freute er sich über die bevorstehende Einkaufstour. Ein befestigter Weg führte vom Strand nach rechts über einen flachen Hügel, hinter dem die Stadt Royan in der Ferne auftauchte. Diane hatte Mühe, mit Johanns langen Schritten mitzuhalten. Gehorsam trabte sie neben ihm her und bald hatten sie das Stadttor passiert. Gepflasterte Gassen erstreckten sich in drei Richtungen. Sie waren von hohen Gebäuden gesäumt, die den Wohlstand der Bevölkerung widerspiegelten. Da sie sich beide nicht auskannten, schlugen sie die mittlere, breitere Straße ein. Zu dieser Vormittagsstunde war die Stadt belebt. Menschen drängten sich an ihnen vorbei und Diane fühlte sich in dieser stickigen Enge unwohl. Sie war den weiten Horizont und den unendlichen Himmel auf See gewohnt. Weingeschäfte zu finden war nicht schwer, auf beiden Seiten der Straße war nicht zu verkennen, dass viele Händler diese Ware an den Mann bringen wollten. Sie entschieden sich für einen Laden, der mit einem großen schmiedeeisernen Schild, das ein Fass darstellte, für sich warb.

Der Verkaufsraum war angefüllt mit übereinandergestapelten Fässern, Regalen voller Weinflaschen und Sortimenten von Gläsern, Krügen und Karaffen. Kaum waren sie eingetreten, erschien auch schon der Inhaber, der sich sofort an Johann wandte.

„Wir wollen 50 Fässer Wein à 50 Liter ihrer besten Qualität kaufen", meldete sich Diane zu Wort.

„Natürlich ...", das ‚Madame' brauchte eine gewisse Zeit, da der Händler sich anscheinend nicht im Klaren war, ob er es mit einem Mann oder einer Frau zu tun hatte. Schließlich entschied er sich aber für Letzteres.

„Könnten wir Ihren Wein probieren?", fuhr Diane fort.

„Aber natürlich", erwiderte der Verkäufer, und stellte zwei Gläser und drei Karaffen auf die Theke. Nacheinander probierte Diane die drei Weinsorten. Eine davon war indiskutabel, die beiden anderen jedoch von guter Qualität.

„Welchen sollen wir nehmen?", fragte sie Johann. „Probier mal."

„Oh, ich kenne mich damit nicht aus. Für mich ist es eher Bier", erklärte Johann. Vorsichtig nippte er an einem Glas. „Frag mal nach dem Preis."

Die Kosten der beiden guten Sorten unterschieden sich nicht nennenswert. Noch einmal ließ Diane langsam den Wein über ihren Gaumen fließen und entschied sich schließlich für den, der neben dem typisch trockenen Bordeaux-Geschmack noch ein feines Aroma von schwarzen Kirschen aufwies.

„Das ist die Qualität, die wir suchen. Können Sie davon 50 Fässer bereitstellen?"

Sofort brachten Gehilfen mit Sackkarren Fässer aus dem Lager in den Verkaufsraum.

„Lassen Sie mich bitte den Wein aus den Fässern probieren", forderte Diane.

Der Händler zögerte etwas, bevor er mit einem kleinen an einem Stab befestigten Gefäß etwas Wein aus dem Spundloch holte.

Er schmeckte sauer und wässrig.

„Machen Sie Witze", fuhr Diane ihn an. „Das ist nicht die Sorte, die wir soeben probiert haben!"

„Entschuldigen Sie, Madame, sicher ein Irrtum meiner Angestellten. Ich lasse natürlich sofort die richtige Sorte holen."

Diane jedoch misstraute ihm ab sofort. Von jedem Fass, das herangekarrt wurde, ließ sie sich eine Kostprobe servieren, die meisten waren in Ordnung, aber bei keiner geringen Menge stellte sich ihr Misstrauen als durchaus berechtigt heraus. Sie ließ sich von dem Händler eine Kreide bringen und malte auf jedes Fass, das ihren Gefallen gefunden hatte, ein verschnörkeltes großes D. Zwei Stunden dauerte es, bis sie fertig war, und obwohl sie die Kostprobe jedes Mal ausgespuckt hatte, war sie zum Schluss reichlich betrunken. Die Preisverhandlungen, die Johann schließlich hartnäckig und zu seiner Zufriedenheit führte, konnte sie noch übersetzen, musste aber nach erfolgreichem Abschluss von ihm auf dem Weg zurück zum Strand gestützt werden.

„Das hast du sehr gut hingekriegt", lobte er sie, „ich glaube, das war ein richtig erfolgreiches Geschäft."

Alle 50 Fässer wurden vom Händler mit zwei Pferdegespannen an den Strand geliefert. Diane kontrollierte noch, ob ihre Signatur wirklich auf allen prangte und sank dann auf die Ducht der Barkasse, während die Matrosen der Ursa die Ladung in die Boote schleppten. Zwei Mal mussten sie die Strecke zwischen Strand und Schiff zurücklegen, bis alle Fässer an Bord gebracht waren. Nach der ersten Fuhre jedoch verließ Diane den Ort des Geschehens, stolperte in die Messe und ließ sich von Mike einen großen Teller mit Bohnen und salzigem Speck servieren.

„Dein Geschäft scheint ja alles von dir gefordert zu haben", lachte Mike und stellte ihr ein großes Glas Wasser hin.

„Diese Franzosen versuchen, einen übers Ohr zu hauen, wo es nur geht", schimpfte Diane, musste aber selbst lachen, als ihr klar wurde, was sie da eben gesagt hatte.

Zufrieden lehnte sie an der Theke und beobachtete Mike bei der Arbeit. Johann, der an einem der hinteren Tische gesessen hatte, stand plötzlich neben ihr. „Und geht's wieder einigermaßen?", fragte er freundlich. Diane lächelte ihn an und er fuhr fort: "John möchte dich sprechen. Komm bitte zum Kapitänstisch."

"Ich muss erst hier noch etwas erledigen", entgegnete Diane erschrocken. Als Johann sich wieder entfernt hatte, wandte sie sich an Mike: "Mike, der Kapitän will mich sprechen. Gib mir noch einen Schnaps."

"Das mache ich lieber nicht", war seine Antwort, "ich schätze, du solltest besser deine Sinne beieinanderhaben."

Schließlich tat sie wie von ihr verlangt, ging zu dem Tisch, an dem der Kapitän zusammen mit Johann und einigen weiteren Männern saß und setzte sich steif auf die vordere Kante des Stuhls, der ihr angeboten wurde.

"Johann hat mir von eurer Expedition berichtet", begann der Kapitän. "Ich trinke gerade den Wein, den du ausgewählt hast. Er ist wirklich ausgezeichnet. Danke für deinen Einsatz." Er blickte sie gerade an und fügte spöttisch hinzu: "Ich schätze, es war ziemlich anstrengend."

Diesen Ton kannte Diane an ihm noch nicht und sie war froh, auf den Rum verzichtet zu haben, so konnte sie noch einigermaßen klar antworten: "Ich habe ja auch etwas davon, der Wein wird mir die langen Wochen auf Ihrem Schiff versüßen, Sir."

Das letzte Wort warf sie ihm mit einem sarkastischen Unterton entgegen. Diese förmliche Anrede hatte sie noch nie benutzt und sie war auf dem Schiff auch nicht üblich. Die meisten Männer nannten ihren Kapitän beim Vornamen. Der schien deshalb jedoch nicht verärgert zu sein und fuhr nach wie vor freundlich fort:

"In den nächsten Tagen treten wir tatsächlich die lange Reise über den Atlantik an. Ich würde sagen, Sie gehen jetzt zu Bett, dann sind Sie erholt, wenn wir im Morgengrauen die Segel setzen... Madame."

Es war ein kleiner Schlagabtausch, der aber im Gegensatz zu früheren Begegnungen nichts Gefährliches hatte. Diane meinte sogar, in seinen Augen den Funken eines Lächelns zu erkennen.

14. Angeschossen

Im Morgengrauen erwachte Diane von einem Tumult. Geschrei und Getrampel ließen das Schiff erbeben. „Kann man hier denn niemals ausschlafen?", fuhr es ihr im Halbschlaf durch den Kopf. Da wurde an ihre Tür gepoltert. Es war Francis, er schrie: „Steh sofort auf und zieh dich an, wir werden überfallen."

Hastig zog sie sich an und öffnete die Tür, da schob er sie schon in die Kabine des Kapitäns. „Schließ dich ein und rühr dich nicht vom Fleck!" Die Tür schlug zu und er war weg. Rasch schloss Diane ab und lauschte den Geräuschen. Neben Schreien hörte sie jetzt das helle Klingen von Säbeln, Lärm, der vom Mitteldeck bis zu ihr vordrang. Da, wo sie war, im hinteren Teil des Schiffes, war es einigermaßen ruhig. Mit klopfendem Herzen setzte sie sich an den großen Tisch, der einen Teil des Raumes rechts von der Tür einnahm. Was war passiert? Ein Überfall, das konnten nur englische Truppen sein. Mit der französischen Flagge befand sich die Ursa in dieser Gegend sozusagen in Freundesland. Wenn die Piraten im Kampf unterlagen, wäre sie befreit. Nichts hatte sie sich in den vergangenen Wochen sehnlicher gewünscht. Doch da blitzte vor ihren Augen plötzlich Georges Bild auf. Er war weit weg gewesen und ihre Flucht vom Schiff hatte sie damals in keiner Weise mit ihm in Verbindung gebracht. Schlagartig wurde ihr bewusst, dass ihre Befreiung sehr wohl die Rückkehr in ein anderes Gefängnis, nämlich Fonteyn House, bedeuten würde. Die Erkenntnis war niederschmetternd. Was auch immer geschehen würde, für sie gab es keinen guten Ausgang.

Machtlosigkeit war ihr vorherrschendes Lebensgefühl der letzten Wochen und Jahre gewesen. Damit musste Schluss sein. Die Tatsache, dass immer andere über sie bestimmten, ertrug sie nicht weiter. Sie sah sich in der Kajüte um. Karten lagen herum, abgelegte Kleidung hing über einem Stuhl und rechts neben dem großen Fenster stand ein zerwühltes Bett. Da erblickte sie zwei Pistolen auf dem Schreibtisch in der Ecke. Diane stellte fest, dass sie frisch gereinigt, aber ungeladen waren. Mit zitternden Händen öffnete sie eine Schublade nach der anderen, wühlte sich durch Schreibfedern, Papiere, farbige Stifte, Navigationsgeräte und entdeckte endlich in einem Fach Pulver und Munition. Dank ihrer Jagdausflüge konnte sie damit umgehen. Rasch lud sie eine der Waffen und schlich hinaus in den Gang.

Der Kampfeslärm war jetzt lauter. Vorsichtig stieg sie die Treppe hoch und stand plötzlich im hellen Licht. Ein Gewirr von Männern, rote Uniformen, blitzende Schwerter, Geschrei, Blut. Und direkt vor ihr stand der Kapitän mit einem Säbel in der Hand. Er hatte gerade einen Angreifer abgewehrt. Mit ausgestreckten Armen zielte sie mit der Pistole auf seine Brust.

Er blickte sie erstaunt an und öffnete leicht die Lippen, als ob er etwas sagen wollte. Diane sah, dass ein Angreifer seine Ablenkung ausnutzte, um ihn von hinten anzufallen. Einen Fingerbreit hob sie die Waffe und drückte ab. Im Sprung stürzte der Mann in der roten Uniform zu Boden.

Gleichzeitig erhielt Diane einen gewaltigen Stoß, der sie hinterrücks in die dunkle Öffnung des Niedergangs schleuderte. Sie lag am Fuß der Treppe, ein Bein noch auf der untersten Stufe, und spürte nichts. Der Kapitän war ihr nachgestürzt. Im Halbbewusstsein hörte sie ihren Namen, fühlte, wie er sie leicht anhob, ihre Schulter abtastete und seine Weste unter ihren Kopf schob, dann war sie wieder allein.

Diane lag auf einem harten Tisch, als sie zu sich kam. Drei Männer hielten sie fest, ein vierter schnitt ihr Hemd auf. Das, was sie die ganze Zeit befürchtet hatte, passierte jetzt. Sie verkrampfte sich, gab unartikulierte Laute von sich und versuchte mit allen Kräften, ihre Hände freizubekommen. Der Kapitän gab seinen Leuten ein Zeichen, sie loszulassen. „Sie steht unter Schock, heb ihre Beine an", befahl er. Eine warme Hand umfing ihre eiskalte und fühlte ihren Puls. „Alles gut", sprach er leise, „dir passiert nichts, hab keine Angst." Diane keuchte und ihr Herz raste. Die Hand legte sich auf ihre Brust. „Tief atmen", sagte die Stimme weiter, „tief atmen, ganz ruhig". Wirr blickte sie sich um, vier Männer sahen sie wortlos an. Allmählich beruhigte sich ihr Herzschlag.

„Du bist angeschossen worden und die Kugel steckt noch in deiner Schulter. Wir müssen sie herausholen", sagte der Kapitän. In ihrem Kopf entstand das Bild eines rostigen, blutigen Messers und Panik überkam sie.

„Bitte, bringen Sie mich an Land zu einem Arzt", flehte sie und Tränen liefen über ihre Wangen zu ihren Ohren.

„Hab keine Angst, ich mache das nicht zum ersten Mal", beruhigte er sie. „Außerdem sind wir auf hoher See. Kein Arzt in Reichweite."

Er gab ihr einen Becher und hob ihren Kopf an. „Trink das, das dämpft die Schmerzen. Die Operation ist nicht angenehm, aber ich mache es so schnell ich kann."

Diane trank die bittersüße Flüssigkeit und fühlte sofort ein Kribbeln in ihrem Magen. Der Raum drehte sich um sie und ein blauer Schleier flimmerte vor ihren Augen.

„Gib jetzt den Helfern deine Hände. Sie sorgen dafür, dass du dich nicht bewegst."

Diane ergab sich. Der Kapitän schnitt das Hemd vollends auf und legte die Wunde frei. Vorsichtig tupfte er das Blut auf. Noch fühlte Diane keinen Schmerz, aber als er mit einer Sonde den Einschusskanal auslotete, bäumte sie sich mit einem Schrei auf. Der Kapitän ließ sich nicht ablenken und arbeitete konzentriert weiter. Eine lange Pinzette schob sich in ihre Wunde, ein leichtes metallisches Geräusch ertönte, und mit einem Klackern fiel die Kugel auf den Tisch. „Jetzt nur noch die Drainage, dann hast du es überstanden." In einer Schale badete ein Docht in einer gelblichen Flüssigkeit.

Diane wollte sich losreißen, aber die Hände hielten sie wie Schraubstöcke fest. Ein langer Schrei, dann war die Arbeit vollendet.

Halb ohnmächtig nahm sie wahr, wie sie aufgerichtet und verbunden wurde. Sechs Hände hoben sie an und trugen sie durch den Raum zu einem Bett. Eine Decke breitete sich über sie, jemand zog ihre Stiefel aus, öffnete den Bund ihrer Hose und zog sie herunter.

Mit einem feuchten Lappen wischte der Kapitän vorsichtig ihr Gesicht ab.

„Noch arge Schmerzen?", fragte er.

„Mir tut alles weh."

„Kein Wunder, du bist rücklings die Treppe hinuntergefallen. Trink noch mal von dem Mittel." Drei weitere Schlucke von dem Trank und sie versank in den Kissen. Wie eine Wiege hob und senkte sich das Bett mit dem Schiff in der Dünung. Ein wohliges Gefühl machte sich in ihr breit. Sie ließ sich fallen und trieb schwerelos im warmen Ozean.

In Dianes Schulter pochte der Schmerz, begleitet von wahnsinnigem Kopfweh. Ihre Zunge klebte am Gaumen und es war unerträglich heiß. Ihr Rücken war wie gelähmt, sie konnte sich nicht bewegen, ohne aufzustöhnen. Im Traum hatten sie schwarze Gestalten in der Dunkelheit verfolgt – ihre Beine schwer wie Blei, keine Flucht möglich.

Mit weit aufgerissenen Augen starrte sie in die Nacht und wusste erst nicht, wo sie sich befand. Das dunkelblaue Leuchten der Heckfenster ermöglichte es ihr, sich allmählich zu orientieren. Auch die Erinnerung an die letzten Ereignisse kehrte nach und nach wieder.

Sie hatte einen Menschen getötet. Er war noch jung gewesen, das hatte sie genau gesehen. Er würde jetzt in seiner Familie fehlen, und er war ein Vertreter von Recht und Ordnung gewesen. Sie hatte sich endgültig auf die falsche Seite geschlagen, es gab kein Zurück mehr.

Sie schloss die Augen und wünschte sich, einzuschlafen und nie wieder aufzuwachen. Die Decke raschelte, als sie ihre heißen Beine ins Freie streckte. Neben ihrem Bett bewegte sich jemand. Eine kühle Hand legte sich auf ihre Stirn. „Trink etwas." Ein Glas berührte ihre Lippen, sie hob den Kopf leicht an und leerte es gierig.

Sie fiel zurück in ihr Kissen und versank in einen unruhigen Dämmerschlaf.

Die folgenden Tage vergingen im Nebel. Sie fühlte die Anwesenheit von Menschen im Raum. Sie spürte den Schmerz, wenn sie angehoben und ihre Wunde versorgt und die Drainage nach und nach ein Stück herausgezogen und abgeschnitten wurde. Süßer Tee löschte ihren brennenden Durst. Es war dunkel, dann wieder hell. Tag und Nacht lösten sich ab. Manchmal leuchtete ein schwaches gelbes Licht und leise Stimmen waren in ihrer Nähe zu vernehmen. Nur das abwechselnd dunkel dann wieder hell leuchtende Blau des Fensters vermittelte ihr einen vagen Begriff vom Vergehen der Zeit.

Sobald ihr Bewusstsein sich meldete und ihre Erinnerungen weckte, drehte sie sich um und vergrub ihr Gesicht unter der Decke. Sie wollte alles vergessen und nie wieder aufwachen.

Sie war jetzt so ausgeliefert wie noch nie zuvor in ihrem Leben. Sie wurde gepflegt, gewaschen, gekühlt und versorgt. Alles ließ sie ergeben geschehen, jede Scham gelöscht und der eigene Willen ausgeschaltet. Die Schmerzen ließen mit der Zeit nach und allmählich wurde sie wieder beweglicher, doch bei der Vorstellung, sich der Wirklichkeit stellen zu müssen, verfiel sie nur noch tiefer in eine bleierne Lethargie.

15. Erwachen

John und Johann saßen am großen Tisch und unterhielten sich leise.

„Ich weiß nicht, was los ist. Die Wunde heilt ohne Komplikationen, aber das Fieber bleibt hoch und ich kriege sie kaum wach", begann John.

Johann überlegte eine Weile. „Hast du dich schon mal in ihre Lage versetzt? In ihr altes Leben kann sie nicht zurück und ein neues hat sie nicht. Vielleicht will sie gar nicht aufwachen."

Es folgte ein längeres Schweigen.

„Was können wir denn tun?"

„Sprich mit ihr. Vielleicht dringst du zu ihr durch. Versuch es einfach."

„Sie hasst mich."

„Immerhin hat sie nicht dich, sondern deinen Angreifer erschossen."

„Das stimmt... Ich habe es an ihren Augen gesehen, das war kein Zufallstreffer, der Schuss war gezielt."

Als Johann gegangen war, stand John auf und näherte sich dem Bett. Draußen war die Nacht schon fortgeschritten und eine Öllampe beleuchtete den Raum mit schwachem gelbem Licht. Am Fußende blieb er stehen. Gedankenverloren betrachtete er Diane. Sie schien zu schlafen, wirr lagen ihre Haare auf dem Kopfkissen, die Wangen waren von einem ungesunden Rot gefärbt, unter ihren Augen hatte sie Schatten, die Lippen waren geschlossen, die Mundwinkel heruntergezogen. Unter der Decke hob und senkte sich ihre Brust viel zu rasch in flachen Atemzügen. Sie wirkte zerbrechlich, ganz anders als bei ihrer Entführung, bei der sie sich mit solch einer Vehemenz gewehrt hatte, dass vier Mann Mühe gehabt hatten, sie zu bändigen.

Da lag sie nun in seinem Bett, die Frau, die er erst töten wollte, und um die er sich jetzt Sorgen machte. Er konnte kaum begreifen, was in den letzten Wochen geschehen war. Warum hatte sie an ihm vorbeigeschossen, und warum hatte er damals sein Schiff aufs Spiel gesetzt in dem schier aussichtslosen Unterfangen, sie in dem haiverseuchten Gewässer westlich Irlands zu finden? Problemlos hätten die Fische das erledigt, wozu er nicht in der Lage gewesen war. Die Mannschaft hatte ihn für verrückt erklärt und fast gemeutert, als er nahe der Küste beidrehen ließ. Was war da zwischen ihnen? Er verstand es selbst nicht. Ihm wurde auch klar, dass die Nähe zu ihrem Körper in ihm eine Erregung auslöste, für die er sich hasste. War er nach den vielen Wochen ohne weiblichen Kontakt so ausgehungert, dass er eine Lady begehrte, eine Angehörige dieser Kaste, die er verabscheute? Ihr hatte er es heimzahlen wollen, sie sollte durchmachen, was sie und ihresgleichen Paul angetan hatten.

Inzwischen aber hatte sein starres Weltbild Risse bekommen. Als er sie so betrachtete, war ihm, als sähe er sie zum ersten Mal. Zwischen ihm und ihr war immer wie eine unsichtbare Mauer das Bild der hochnäsigen Aristokratin gestanden, das ihn blind für die Wirklichkeit gemacht hatte.

Wie eine Engländerin sah sie tatsächlich nicht aus. Ihr Gesicht war sonnengebräunt und mit ihren dunklen Augen und vollen Lippen wirkte sie eher südländisch.

Der Respekt ihr gegenüber, den er seiner Mannschaft abverlangt hatte, den musste letztendlich auch er ihr zugestehen. Nach dem Eklat in der Messe hatte sich viel verändert. Ein Großteil der Mannschaft hatte sie als Mitglied der Crew aufgenommen. Ungezwungen unterhielt sie sich jetzt mit den Männern und traf den richtigen Ton ihnen gegenüber. Nick, Eon und einige andere genossen ihre Gesellschaft offensichtlich. Die Arbeiten, die man ihr zuwies, erledigte sie willig, bis auf das eine Mal, als er selbst sie erniedrigen wollte. Sie hatte ihm die Stirn geboten, aber nicht aus Arroganz, wie er ihr anfänglich unterstellt hatte, sondern aus Stolz. Sie war schön und sie war stark, sie brauchte nur neuen Lebenswillen. Tief in seinem Inneren spürte John die Angst, diese Frau zu verlieren.

Ihre Hand lag auf der Decke und er legte seine vorsichtig darüber.

„Diane, hör mir zu", kurzes Schweigen, denn er wusste nicht so recht, was er sagen sollte. Zögerlich fuhr er fort: „Ich wünsche mir, dass du gesund wirst." Er überlegte, was ihn selbst am Leben hielt.

„Ich wünsche mir, dass du an Deck den frischen Wind atmest und die salzige Gischt auf den Lippen spürst", kurzes Schweigen. „Dass du die Wolken ziehen siehst und in der Nacht die Sterne. Jeden Morgen geht die Sonne auf, jeden Morgen ist sie anders. Das Licht ist mal silbern, mal golden, mal nur grau in grau. Die Meeresluft ist Leben und ich wünsche mir, dass du lebst."

Bilder entstanden in Dianes Kopf. Die rote Sonne versank im Meer, Wolkenberge türmten sich darüber, golden umrahmt. Die kühle, frische Luft füllte ihre Lungen und das Rauschen der Wellen, das Harfen des Windes in den Wanten, das Schlagen der Segel drangen in ihr Gehör. Und dann war da dieser Satz: „Ich wünsche mir, dass du lebst." Die Stimme, die zu ihr sprach, war angenehm, ruhig und berührte sie. „Ich wünsche mir, dass du lebst." Es war wie ein kleines Licht in der unendlichen Dunkelheit.

Unter Dianes Wimpern blitzte kaum merkbar ein feiner Glanz auf. Sie öffnete die Augen einen Spalt und erkannte den Kapitän. Schnell zog sie ihre Hand zurück. Seit Tagen hatte sie in ihren kurzen wachen Momenten durch ihn hindurchgesehen, jetzt blickte sie ihn zum ersten Mal direkt an. War es Interesse, Erstaunen oder Ablehnung, John konnte es nicht deuten.

„Schön, dass du aufwachst", sagte er. „Ich öffne das Fenster, damit die frische Luft bis zu dir vordringt." Etwas verlegen fuhr er fort: „Ich schicke Francis. Er wird die nächsten Stunden bei dir sein." Dann stand er auf, entriegelte eines der Fenster und verließ den Raum.

Als Diane nach einer Weile die Augen wieder öffnete, saß Francis neben ihr. Er hatte das Licht weiter aufgedreht und blätterte in einem Buch. Frische Luft erfüllte die Kabine. Vorsichtig richtete sie sich auf. Die Prellungen an ihrem Rücken schmerzten noch, aber die Schusswunde bereitete kaum noch Beschwerden.

„He Diane", rief Francis unbekümmert. „Du erwachst ja von den Toten! Du musst einen gewaltigen Hunger haben, seit fünf Tagen hast du nichts mehr gegessen."

„Fünf Tage", stammelte sie verwirrt. „Wie spät ist es?", fragte sie, als ob das eine Rolle spielte.

„Es ist Abend. Draußen ist es dunkel und wir segeln einen südlichen Kurs, ruhig vor dem Wind."

„Wo sind wir?"

„Vor Kurzem haben wir Spaniens Küsten hinter uns gelassen. Jetzt sind wir auf dem Weg Richtung Afrika."

Spanien, Afrika... Sie war katapultiert in eine fremde Welt, eine, die in ihrem früheren Leben nicht existiert hatte.

„Ich bin durstig."

„Das trifft sich gut. John hat mir aufgetragen, dich unbedingt zum Trinken zu animieren. Hier ist eine volle Kanne Tee. Soll ich dir helfen?"

„Ich schaffe das allein."

Mühsam richtete sie sich auf und stützte sich auf ihren Ellenbogen. Francis reichte ihr eine Tasse und sie trank in großen Schlucken. Sie ließ sich die Tasse erneut anfüllen und leerte auch diese rasch. Jetzt verspürte sie den Drang, auf die Toilette zu gehen. Wie hatte sie das nur in den vergangenen Tagen erledigt? Sie wollte lieber nicht dran denken.

„Um die Ecke steht ein Leibstuhl. Ich bring ihn her. Soll ich dir dabei helfen?"

„Um Gottes willen, nein! Ich versuche es allein. Warte vor der Tür. Wenn du es poltern hörst, kannst du mich ja auflesen."

Als Francis draußen war, setzte sie sich auf den Bettrand. Ihre Füße baumelten zu Boden. Außer dem Hemd, das ihr fast bis zu den Knien reichte, hatte sie nichts an. Ihr wurde schwindlig und sie musste die Augen schließen und einige Sekunden warten. Schließlich schob sie sich vorsichtig die kurze Strecke auf den Stuhl. Ein erster kleiner Schritt zurück in die Selbstständigkeit.

Nach einer Weile hatte sie sich erschöpft, aber zufrieden ins Bett zurückgekämpft.

Francis klopfte leise und trat wieder ein. Er räumte den Stuhl weg und leerte den Eimer aus dem Fenster.
„Als dein Lakai habe ich mich doch gut bewährt", bemerkte er stolz.
„Ich weiß nicht, was ich ohne dich machen würde. Ich wäre wahrscheinlich verhungert und verdurstet."
„Also, es ist eher so, dass du ohne Johns Unterstützung gestorben wärst."
„Was ist eigentlich passiert?", fragte Diane nach einer Weile.
„Wir sind im Morgengrauen überfallen worden. Eine englische Corvette, die die Küste auskundschaften sollte, hat uns entdeckt. Sie haben uns für harmlose Händler gehalten und gemeint, mit zwei Kuttern und 30 Mann hätten sie mit uns leichtes Spiel und reiche Beute. Aber da haben sie sich mächtig getäuscht! Wir haben sie mühelos zurückgeschlagen und außer einigen Stich- und Schnittwunden keinen Schaden davongetragen. Jetzt aber haben wir die Biskaya verlassen und sind auf hoher See in sicheren Gewässern."
„All das habe ich überhaupt nicht mitbekommen. Und jetzt bin ich schon wieder todmüde. Der kleine Ausflug hat mich vollkommen fertig gemacht. Ich will nur noch schlafen, du kannst mich allein lassen."
„Seit fünf Tagen tust du nichts anderes als schlafen, aber mach nur. Ich sage John Bescheid."
Francis löschte die Laterne und ging. Die Dunkelheit machte ihr immer noch Angst, aber zum Glück ließen die Fenster ein dämmriges Licht herein.
Diane verfiel in einen unruhigen Schlaf. Die Gespenster der Nacht kehrten zurück, schwarze Schatten schwebten durch den Raum, kamen näher und entfernten sich wieder. Einer der Schatten wuchs zu bedrohlicher Größe an. Ein Mann kam auf sie zu, in seiner Hand hielt er eine Pistole. Das kleine tödliche Loch zielte genau auf die Stelle zwischen ihren Augen. Plötzlich begann die schwarze Öffnung zu wachsen, bis sie den ganzen Raum erfüllte und der Schatten sie in seinen Abgrund zu saugen begann. Diane wollte fliehen, konnte sich aber nicht

bewegen. Dann wurden ihre Arme gepackt und wie in einem Schraubstock festgehalten. Panisch versuchte sie sich zu befreien, drohte zu ersticken. Sie wollte schreien, aber kein Laut drang aus ihrem Mund. Dicht an ihrem Ohr sagte eine Stimme: „Ruhig, es ist nichts. Du bist in Sicherheit." Der Schraubstock hielt sie fest umklammert und wiederholte: „Hab keine Angst." Sie kam zu sich und erkannte den Kapitän, der sie festhielt. Atemlos stammelte sie: „Ich dachte, es wäre... Ich dachte, es wäre... Ich dachte, Sie wären das!", schrie sie schließlich.

„Ich will dir nichts Böses, beruhige dich."

„Es war die Dunkelheit, als ich angekettet war, kein Lichtstrahl, nur Nacht. Da kommen Geister. Man sieht fürchterliche Dinge, die in Wirklichkeit nicht da sind, die aber übermächtig werden und einen bis in die Gegenwart verfolgen. Die Geräusche sind alles, was man wahrnimmt. Sie werden laut und lauter, und dringen bis ins Innerste vor. Die Dunkelheit... sie ist in mir, ich entkomme ihr nicht..." Atemlos wollte sie nicht aufhören zu sprechen.

John hatte seinen Griff gelockert, hielt sie aber noch fest.

„Ich hoffe, du kannst mir eines Tages verzeihen", sagte er. Dann verließ er den Raum.

16. Das Duell

Der helle Klang der Glocke erreichte jeden Winkel des Schiffes. Diane zählte vier Schläge. Durch das Fenster drang dämmriges Licht. Es musste sechs Uhr sein. Sie richtete sich auf und verspürte kaum noch Schmerzen. Auf dem Tischchen neben dem Bett stand eine halbvolle Tasse Tee. Sie nahm sie in beide Hände, der Tee war kalt, stillte aber ihren Durst.

Die Tür öffnete sich und der Kapitän stand im Raum. Erfreut blickte er Diane an: „Ich sehe, es geht dir besser. Du musst aber nicht den kalten Tee trinken, ich bring dir frischen." Etwas befangen stand er am Fußende des Bettes. In den letzten Tagen war er ihr sehr nah gekommen. Zu nah in ihren Augen, befürchtete er.

„Bitte, bringen Sie mir davor alles, was ich zum Waschen brauche. Wasser, Kamm, Spiegel und frische Kleidung."

„Unser Segelmacher war nicht untätig in den letzten Tagen. Er hat dir Hemden und Hosen zurechtgeschneidert, die dir besser passen als das, was du jetzt anhast."

Kurz darauf kam er mit einem Stapel Kleidung zurück begleitet von Francis, der wieder als Wasserträger fungierte.

„Ich lasse dich jetzt eine Stunde allein, dann frühstücken wir zusammen. Mach langsam und steh nicht zu rasch auf, sonst landest du gleich wieder im Bett."

Als beide sie verlassen hatten, blickte Diane vorsichtig in das kleine Spiegelfragment. Sie sah verheerend aus! Struppige, fettige Haare, blasse Haut, eingefallene Wangen, hohle Augen. Als Erstes kämpfte sie sich durch das Gestrüpp auf ihrem Kopf, dann bearbeitete sie Haare und Körper mit Salzwasser und Seife. Nachdem sie sich abgetrocknet hatte, fühlte sie sich schon besser. Die Kleidung, die der Segelmacher geändert hatte, passte gut, nur die Hosen waren etwas weit. Es waren Seemannshosen, die locker um ihre Beine fielen und bis zu den Knöcheln reichten. So etwas hatte sie noch nie angehabt, aber sie waren sehr bequem. Diane nahm sich vor, möglichst rasch zuzunehmen, um ihr Äußeres wieder in einen akzeptablen Zustand zu versetzen. Schließlich öffnete sie eines der Fenster, um in der Brise ihre Haare zu trocknen. Das Meer glitzerte im Sonnenschein. Bis zum Horizont, da, wo sie herkamen, erstreckte sich nur Wasser. Die Heckwelle zeigte, dass das Schiff mäßige Fahrt machte. So schnell wie möglich wollte Diane ins Freie, um Wind und Sonne aufzusaugen.

Hinter ihr klopfte es leise, die Tür öffnete sich und der Kapitän trat mit einem Tablett ein. Unwillkürlich musste Diane an die Szene denken, die sich vor nicht allzu langer Zeit in derselben Kabine zugetragen hatte, nur dass damals sie das Tablett getragen hatte. Es fiel ihr schwer, die Bilder miteinander in Einklang zu bringen und zu realisieren, was sich seither alles verändert hatte.

„Heute ist wunderschönes Wetter", sagte der Kapitän, „du musst nachher unbedingt an Deck gehen, aber setz dich erst mal zu mir."

Er nahm am großen Tisch Platz, stellte Teller, Brot und Porridge ab und schob ihr eine Tasse mit einem heißen Getränk zu.

„Das ist Kaffee. Hast du das schon mal getrunken?"

Diane hatte schon von Kaffee gehört, ihn aber noch nie probiert. Vorsichtig hob sie die Tasse an ihre Lippen und nahm einen kleinen Schluck. Er war bitter und schmeckte ihr überhaupt nicht.

„Gib tüchtig Zucker hinein. Kaffee weckt die Lebensgeister. Du wirst gleich merken, wie gut er tut."

Eine Weile aßen sie schweigend, dann fing er an: „Diane, du befindest dich auf einem Schiff, das in die Karibik segelt."

„Ich weiß nicht mal genau, wo sich dieses Land befindet."

„Es ist kein Land. Es ist eine Vielzahl von Inseln, und auf einer dieser Inseln lebe ich, so wie ein Teil der Mannschaft übrigens auch."

„Werden Sie mich auf einer dieser Inseln aussetzen?"

„Keinesfalls", lachte er, „gewissermaßen habe ich die Verantwortung für dich übernommen und der will ich gerecht werden."

„Und wie soll das aussehen? Soll ich weiter mit Ihnen auf Kaperfahrt gehen?"

„Das wäre eine Option, aber lassen wir das mal offen. Es sind noch zirka sechs Wochen, bis wir auf Hispaniola anlegen. In meinen Regalen stehen mehrere Bücher über die Gegend, die wir ansteuern. Informiere dich, es besteht keine Eile."

Ein halber Tag war vergangen. Diane lehnte am Achterdeck gegen die Reling und ließ sich von der warmen Sonne bescheinen, ab und zu schloss sie die Augen und spürte den Wind, der nur mäßig wehte und in den unzähligen Teilen der Takelage ein feines Summen, eine Harmonie Tausender hochschwingender Töne hervorrief. Sie lauschte dem Rauschen der Wellen, dem Knarren der Masten und dem Schlagen der Segel. Es waren diese Bilder, die sie im Traum gesehen hatte, bevor die Dunkelheit wieder über sie gekommen war. Jetzt war sie entspannt. Sie fühlte sich wohl, hatte keinen Hunger, keinen Durst, keine Schmerzen, und vor allem, keine Angst. Zum ersten Mal seit ihrer Entführung empfand sie Zuversicht. Genau genommen waren Hoffnung und Zuversicht Empfindungen, die sie schon seit Jahren vermisst hatte. Und jetzt auf einem Piratenschiff war er da, der erwartungsvolle Blick in die Zukunft.

Sie war noch sehr schwach. Die zwei steilen Treppen, die zum Deck führten, hatten sie erschöpft. Sie fühlte sich nicht imstande, zu arbeiten, wurde aber auch nicht dazu aufgefordert.

Die nächsten Tage verbrachte sie mit Lesen und Faulenzen. Schon seit längerem segelte das Schiff einen südlichen Kurs und es wurde von Tag zu Tag wärmer, auch der Wind ließ immer mehr nach, so dass allmählich eine stickige Atmosphäre entstand, obwohl sie sich mitten auf dem Ozean befanden.

Außerdem war da noch Hervé, mit dem Diane eine Rechnung offen hatte. Seine Haltung ihr gegenüber wollte sie unbedingt klären. Inzwischen hatte sie erfahren, dass er als Schiffszimmermann hervorragende Arbeit leistete, dass er aber keinerlei Autorität akzeptieren wollte und deshalb häufig mit dem Kapitän aneinandergeriet. In der Messe hatte sie beobachtet, dass Hervé selten Kontakt zum Rest der Mannschaft suchte. Er saß oft allein am Tisch und man sah ihn nie lachen. Nach der aufwändigen Reparatur des Schiffes an der Küste von Devon hatte er nun wenig zu tun und saß häufig auf dem Vordeck und schnitzte. Diane näherte sich ihm. Er arbeitete an einer Figur, die an die Galionsfigur der Ursa erinnerte, ein Einhorn mit einem Fischschwanz.

„Das ist schön, was du da machst", sprach sie ihn auf Französisch an, „das möchte ich auch können." Erst sah es so aus, als würde er ihr nicht antworten, dann knurrte er in seinem stark französisch klingenden Englisch: „Ist nichts für Frauen." Das war ein doppelter Affront, aber Diane schluckte ihren Zorn herunter. „Gib mir ein Stück Holz, ich beweise dir das Gegenteil." Es war eine gewagte Behauptung, da sie noch nie geschnitzt hatte.

Hervé blickte sie herablassend an und warf ihr einen kleinen Klotz vor die Füße. Diane hob ihn auf und fragte sich innerlich, warum sie diese Demütigung auf sich nahm. Aber ihr Ehrgeiz war geweckt, sie wollte es ihm beweisen.

Von Mike ließ sie sich ein scharfes kleines Messer geben und verschwand dann in ihrer Kammer, um ungestört arbeiten zu können. Sie wollte ein Pferd schnitzen, denn wie das aussehen sollte, wusste sie. Das Holz war hart und die Arbeit mühsamer, als sie gedacht hatte. Der rundliche Körper des Pferdes gelang ihr einigermaßen, aber für die Hohlräume brauchte sie ein anderes Werkzeug. Also begab sie sich erneut aufs Vordeck, um sich noch einmal mit Hervé zu konfrontieren.

„Ich brauche ein anderes Werkzeug. So eines, wie du gerade in der Hand hältst." Hervé blickte leicht irritiert auf und warf ihr schließlich das Instrument zu, diesmal nicht vor ihre Füße, sondern so, dass sie es auffangen konnte. Es war ein schmaler Metallstift mit einem abgerundeten und sehr scharfen Ende.

Es dauerte ein paar Tage, bis ihr Pferd einigermaßen fertig war. Dianes Finger wiesen mehrere Schnitte auf, aber sie war mit ihrer Arbeit zufrieden. Der Körper war rund, die Muskulatur des Pferdes herausgearbeitet, der Kopf leidlich ausdrucksvoll, die Ohren kaum erkennbar. Nur die Beine bereiteten ihr Probleme. Es war schier unmöglich, die Schlankheit der Gliedmaßen ins Holz zu übertragen, und als sie es dennoch versuchte, brachen beide Vorderläufe ab. Diane musste sich beherrschen, um nicht die ganze Arbeit in die Ecke zu feuern. Dann aber entschloss sie sich, ihr Problem Hervé vorzutragen. Ein Unterfangen, das wahrscheinlich genau so viel Aussicht auf Erfolg hatte, wie Pferdebeine zu schnitzen.

Am Nachmittag sah sie ihn an seinem Stammplatz bei seiner üblichen Beschäftigung. Als sie sich näherte, warf er ihr einen Blick zu, der ausdrückte: „Die schon wieder." Wortlos reichte sie ihm ihre Arbeit und zu ihrem Erstaunen nahm er sie in die Hand. Was er ihr anschließend zu sagen hatte, war zu kompliziert für sein rudimentäres Englisch, also erklärte er auf Französisch: „Du hättest besser mit einem Nilpferd angefangen. Bei den Beinen musst du die Maserung berücksichtigen. So wie du das gemacht hast, konnte es nur schiefgehen." Noch nie hatte sie ihn so einen langen Satz sprechen hören.

„Was schlägst du vor?", fragte sie.

„Ich gebe dir heute Abend was", war die Antwort, danach vertiefte er sich wieder in seine Arbeit.

Am Abend in der Messe kam Hervé zu ihr und warf ein längliches Klötzchen auf den Tisch. „Mach ein Boot. Das kriegst du vielleicht hin."

„Was ist los?", wunderte sich Nick, „Er spricht mit dir?"

„Ja, er bringt mir Schnitzen bei."

„Man sieht's deinen Fingern an. Pass auf, dass du dir keinen abschneidest."

Nach einer Woche hatte Diane genug vom Nichtstun. Sie teilte Mr. Byrnes mit, dass sie wieder arbeiten wollte, zum Beispiel die Messingbeschläge polieren. Von denen gab es unzählige auf dem Schiff und es war eine leichte Beschäftigung, die sie außerdem gern machte.

„Lassen Sie sich nicht abhalten", meinte Mr. Byrnes freundlich, und so polierte sie mit Begeisterung vom Bug bis zum Heck.

„Ich glaube, im ganzen Ozean gibt es kein Schiff, das so strahlt", spottete Nick. „Man merkt, dass eine fleißige Hausfrau an Bord ist."

Das war ganz und gar nicht, was Diane hören wollte, aber solche Sticheleien musste sie nicht zum ersten Mal ertragen. Wenn sie allerdings abends in die Messe kam, wurde sie stets freudig begrüßt, so als wäre sie schon ein altes Mitglied der Crew. Nick schob ihr einen Stuhl hin, bestellte ihr einen Krug Bier und kam eines Tages, auf das Thema zu sprechen, das anscheinend alle schon eine Weile umtrieb.

„Dein Schuss hat ja ins Schwarze getroffen. Er ging haarscharf an Johns Ohr vorbei, da können wir alle von Glück sprechen!" Niemand konnte sich vorstellen, dass sie den Umgang mit Pistolen beherrschte. „John meint, du wolltest ihn gar nicht erschießen."

„Wollte ich auch nicht."

„Ich kenne keine Frau, die schießen kann", entgegnete Gareth, der ihr gegenübersaß.

„Du kennst MICH." Es ärgerte sie, dass Frauen immer alles Mögliche abgesprochen wurde.

„Du kannst mich ja testen. Wer ist der beste Schütze an Bord?", ließ sie sich verleiten, ihm zu entgegnen.

„Das ist zweifellos Will McGulloch. Er ist der beste Kanonier und mit Pistolen kann er auch. Aber du willst dich doch nicht im Ernst mit ihm messen!"

„Probieren wir's doch", war die trotzige Antwort.

Es war noch leidlich hell. Gareth besprach sich flüsternd mit Will und zu viert schlichen sie sich aus der Messe.

„Wir gehen aufs Vordeck, da sieht uns keiner."

Will brachte zwei geladene Pistolen.

„Willst du's dir nicht noch überlegen? Du könntest dich verletzen, wenn der Schuss aus Versehen losgeht, so wie neulich", lästerte er.

Diane befürchtete, aus Zorn nicht mehr ruhig zielen zu können. Nick stellte eine Flasche auf die Reling.

„Ladies first."

Diane hielt die Pistole mit ausgestreckten Armen, so wie sie es gelernt hatte, zog den Hahn und drückte ab. Die Flasche zerbarst in tausend Stücke. Will sah sie etwas verdutzt an, ließ sich aber nicht ablenken. Auch die Scherben seiner Flasche flogen in alle Richtungen.

Nachdem Gareth die Pistolen wieder geladen hatte, begann die zweite Runde. Diane fühlte sich nun sicher und ruhig. Auch die nächste Flasche überlebte nicht.

Will zeigte jetzt leichte Zeichen von Nervosität. Er zielte sorgfältig, drückte ab und durchtrennte das Vorsegelfall. Krachend knallte die Rah samt der dazugehörigen Fock auf das Deck.

Erschrocken betrachteten alle vier die Bescherung, als im selben Augenblick der Kapitän wutentbrannt hochgestürmt kam. Ungläubig blickte er auf die beiden Pistolen, die noch aus dem Lauf rauchten.

„Wer war das?"

„Ich, Sir", murmelte Will förmlich und kleinlaut.

„Ihr bringt das jetzt sofort in Ordnung, und du", fuhr er Diane an, „kommst mit in meine Kabine!"

Diane folgte ihm. Sie hatte keine Ahnung, wie schwerwiegend der Regelverstoß war, den sie begangen hatte, und machte sich auf das Schlimmste gefasst. Auf dem Mitteldeck begegneten sie der halben Besatzung, die bei dem Lärm aus der Messe gestürmt war und mit großen Augen beobachtete, wie sie abgeführt wurde. Diane hätte im Boden versinken können, aber zum Glück verschluckte sie bald die Dunkelheit des Niedergangs unter dem Achterdeck.

In seiner Kabine zog der Kapitän die Tür hinter ihr zu.

„Wer hat das Duell gewonnen?"

„Ich, Sir", antwortete sie überrascht.

Er ging zu einem Schrank, holte eine Flasche und zwei Gläser heraus und schenkte ein.

„Das ist ausgezeichneter französischer Cognac", bemerkte er sachlich. „Aus Frankreich kommt anscheinend allerlei Hochwertiges."

Er schob ihr ein Glas zu.

„Nenn mich nicht ‚Sir', auch ich habe einen Namen. Ich heiße John." Verdutzt blickte sie ihn an.

„Denen hast du erst mal das Maul gestopft", fuhr er fort, „ihnen wird das Lästern über Frauen an Bord von Schiffen für eine Weile vergehen."

Nach einer kurzen Pause sagte er: „Du kannst schießen und reiten wie ein Mann. Das ist nicht besonders ladylike. Wo hast du das gelernt?"

Diane erzählte kurz von ihrem Vater und wie sie mit der Dorfjugend aufgewachsen war. John hörte ihr aufmerksam zu. Eine Zeit lang herrschte Stille, während beide genüsslich ihren Cognac schlürften. Dann merkte er beiläufig an:

„Ich habe mich noch nicht bei dir bedankt, dass du mir das Leben gerettet hast."

Diane blickte auf und ihr fiel nichts Besseres ein als: „Gern geschehen."

John lachte: „Anscheinend haben wir beide dem anderen gegenüber eine gewisse Tötungshemmung."

„Das ist doch schon einmal eine Basis", erwiderte sie trocken.

Beide lehnten sich zurück und sahen sich freundlich lächelnd an.

Schließlich stand John auf und holte einen Gegenstand aus dem Schrank.

„Weißt du, was das ist?"

„Ein Sextant. Er dient zur Bestimmung der Position eines Schiffes." Diane schlug einen dozierenden Ton an: „Mit ihm peilt man den Horizont an, der in der linken Hälfte des Blickfeldes zu sehen ist. Mit der Schraube wird die Alhidade so eingestellt, dass der Sonnenunterrand den Horizont berührt. Mithilfe einer genauen Uhr und der angezeigten Gradzahl kann man dann die Position bestimmen."

John sah sie entgeistert an. „Ist mir da etwas entgangen?"

„Daniel hat mir das Gerät erklärt. Er hat mich am Ende auch die Position bestimmen lassen. Keine Angst, er hat meine Ergebnisse immer geprüft, aber sie waren meistens richtig."

„Ich erinnere mich, dass du strikt dagegen warst, als ich dir vor einigen Wochen vorgeschlagen habe, Pauls Stelle als Navigator einzunehmen."

„Die Zeiten ändern sich eben, und als Navigator muss ich wohl auch nicht mehr so oft Deck schrubben", entgegnete Diane kühl.

„Also mir scheint, ich habe meine Pflichten in letzter Zeit etwas vernachlässigt und einiges übersehen, was an Bord vor sich geht. Womöglich hast du vor, mir auch noch meine Position als Kapitän streitig zu machen", spottete John.

„Kapitänin wäre doch mal was", freute sich Diane.

„Schlag dir das aus dem Kopf. Frauen können diese Aufgabe unmöglich erfüllen. Wie willst du eine Bande renitenter Matrosen bändigen?"

„Mit Brutalität und Grausamkeit, so wie ihr Männer es tut", erwiderte Diane sarkastisch.

„Denk nicht mal dran. Das wird es in 1000 Jahren nicht geben, dass eine Frau ein Schiff führt."

17. Flaute

Nach einer Woche war die Schonzeit vorbei. Dianes linke Arm war noch etwas steif und schmerzte bei gewissen Bewegungen, aber an Bord herrschte die Ansicht, Verletzungen heilten am besten, wenn man sie ignorierte.

Sie wurde nun der Mannschaft zugeteilt, die die Segel des Fockmasts zu bedienen hatte. Der Bootsmann, der diese Arbeit beaufsichtigte, hieß Leif. Leif war ein hoch aufgeschossener noch recht junger Mann. Er war Norweger, aber ebenso wie Johann, der Niederländer, sprach er ausgezeichnet Englisch. Er gab Kommandos in einem ruhigen Ton, klar und deutlich. Diane war froh, ihm unterstellt zu sein und nicht Cole, dessen Gebrüll vom Besanmast her über alle Decks hinweg ertönte. Dass sie jetzt einer Segelmannschaft angehörte, war ein klarer Aufstieg, nun war sie nicht mehr nur Hilfskraft, sondern Matrose. Natürlich gehörte zu ihrer neuen Position auch, dass sie regelmäßig die Wanten zu entern hatte. Ihre erste schreckliche Erfahrung damit war ihr noch klar in Erinnerung, aber je öfter sie die Webeleinen emporkletterte, desto weniger machte ihr die Höhenangst zu schaffen. Es gab Männer an Bord, die nicht davor zurückschreckten, frei auf den Rahen zu balancieren, von solchen Kunststücken war sie jedoch noch weit entfernt. Aber letztendlich empfand sie Freude dabei, hoch über dem Deck herumzuturnen. Das Hantieren mit dem steifen und störrischen Segeltuch dagegen war extrem anstrengend. Bei dieser Arbeit brachen regelmäßig Fingernägel ab und die Arm- und Schultermuskeln schmerzten, dennoch war es ein schönes Gemeinschaftserlebnis, als Teil eines Teams die Aufgabe zu bewältigen.

Diane war nach wie vor der dritten Wache von acht bis zwölf Uhr zugeteilt, die noch als die angenehmste galt. Dennoch hatte sie das Gefühl, ständig zu wenig Schlaf zu bekommen, obwohl sie kurz nach Mitternacht, ohne Zeit zu verlieren, auf ihr

Lager fiel und meistens von dem Bimmeln der Acht-Uhr-Glocke geweckt wurde.

In ihrer freien Zeit arbeitete Diane an ihrem Boot. In Johns Büchern hatte sie die Abbildung eines Kutters mit einem Mast, einem Gaffelsegel und zwei Klüvern gefunden. Das schien ihr relativ einfach herzustellen sein, da seine Wirkung hauptsächlich auf den Segeln aus Stoff beruhte. Aus dem Klotz, den ihr Hervé gegeben hatte, schlug sie einen Span heraus, aus dem sie den Mast machen wollte. Für die Segel zerschnitt sie ein altes Hemd, das ihr der Segelmacher zur Verfügung gestellt hatte und für die Takelung benutzte sie feine Fäden. Das Schwierigste war, den Hohlraum für das Deck herauszuarbeiten und den Mast rund zu gestalten. Nach ihren ersten Erfahrungen hatte sie jetzt aber schon einige Übung. Die Arbeit, vor allem die Gestaltung der Feinheiten, machte ihr ungeheuer viel Spaß und nach wenigen Tagen konnte sie Hervé ihr Werk präsentieren.

Ganz gegen seine bisherige Gewohnheit äußerte sich Hervé anerkennend zu ihrer Arbeit. Von da an setzte sich Diane öfters zu ihm, schaute ihm bei seiner Schnitzerei zu und war froh, endlich wieder Französisch sprechen zu können. Allerdings nur über technische Fragen, tiefere Einblicke in seine Persönlichkeit ließ Hervé nicht zu. Immerhin legte er aber seine feindselige Haltung ihr gegenüber vollständig ab, was Diane sehr beruhigte, da sie immer noch nicht hundertprozentig einschätzen konnte, wie sie von Teilen der Mannschaft aufgenommen wurde.

In den nächsten zwei Wochen verlief die Fahrt sehr ruhig, zum Ärger der Männer, denen es nicht schnell genug ging, endlich im Heimathafen einzulaufen.

Die größte Abwechslung brachten die Übungen, die Mr. Byrnes von Zeit zu Zeit einberief. Sie wurden unvorbereitet zu jeder Tag- und Nachtstunde angesetzt und die gesamte Mannschaft musste sich daran beteiligen. Segel wurden scheinbar sinnlos gerefft und wieder gesetzt und das Schiff vollführte enge Wendungen und seltsame Figuren auf dem Wasser. Mr. Byrnes legte Wert darauf, dass alles mit allergrößter Genauigkeit und in Windeseile geschah. Er ließ die Manöver so oft wiederholen, bis ihn die dafür benötigte Zeit zufriedenstellte. Die Stärke des kleinen Seglers im Kampf war seine Wendigkeit. Auf diese Weise war er schon mit viel größeren Schiffen fertig geworden. Er musste imstande sein, einen gejagten Gegner einzuholen und einen stärkeren Verfolger abzuschütteln. Das Leben der Mannschaft hing vom perfekten Zusammenspiel und präzisen Funktionieren jeden Handgriffs ab.

Auch Diane nahm an diesen Übungen teil. Das Zusammenwirken der Fockmannschaft war von großer Bedeutung. Es forderte ihre letzten Kraftreserven, mit dem schnellen Tempo der geübten Matrosen mitzuhalten, und nicht selten befürchtete sie, vor Erschöpfung den Halt an den Rahen zu verlieren. Die Bewegung in der Takelage wurde für sie zusätzlich dadurch erschwert, dass alle Abstände anderen Körpergrößen als ihrer eigenen angepasst waren. Zu ihrer Erleichterung wurde sie von Leif nie wegen Ungeschicklichkeiten gemaßregelt, sondern viel eher dazu ermutigt, durchzuhalten.

„Du bist eben besser für Bodenarbeiten geeignet", scherzte Eon, „beim Deck schrubben bist du näher dran."

„Warte nur ab, bis ich hier die Navigatorin bin, dann scheuche ich dich herum!"

„Diese Berufsbezeichnung gibt's überhaupt nicht. Das machen nur Männer. Frauen können das nicht", war die Antwort und Diane wusste, dass er es auch so meinte.

„Eine Frau kann auch nicht schießen, nicht wahr?", stellte Diane trotzig fest.

John war die Skepsis seiner Mannschaft gegenüber Dianes nautischen Fähigkeiten nicht entgangen.

„Mach dir nichts draus, die haben keine Ahnung. Um den Äquator befindet sich eine ausgedehnte Flautenzone, die Kalmen. Ich weiß von einem Kapitän, dessen Frau immer die beste Route berechnet, um zügig da durchzukommen. Er schafft es regelmäßig schneller als alle anderen. Auch uns steht das bevor. Es ist kein Vergnügen, aber wir müssen den Nordostpassat erreichen, der uns anschließend rasch ans Ziel bringt."

Auf der Seekarte erklärte er ihr die Route. Längen- und Breitengrade waren für sie bisher abstrakte Zahlen gewesen, jetzt aber wurden diese Bezeichnungen zu lebendigen Begriffen, mit denen sie schon nach wenigen Tagen die gemeinte Region im Atlantik assoziierte.

Zur Bestimmung der Position arbeitete sie mit Daniel zusammen. Er erklärte ihr immer neue Feinheiten, wie auch die Navigation bei Nacht oder schlechtem Wetter und behandelte sie mit der Zeit als ebenbürtige Partnerin. Dabei genoss sie die misstrauischen Blicke der Restmannschaft, wenn sie auf dem Achterdeck den Horizont anpeilte.

Es wurde jetzt jeden Tag wärmer und der Wind, der zuvor noch leidlich geweht hatte, ließ schließlich ganz nach. Schlaff hingen die Segel an den Rahen, und klatschten bei jeder Bewegung des Schiffes, das in der Dünung torkelte. Der Rumpf rollte so heftig, dass es in allen Fugen knarrte und ächzte. Nichts ging mehr.

Aufgrund der Hitze verdarben die Lebensmittel rapide. Die Kartoffeln mussten schleunigst über Bord geworfen werden, als sie anfingen zu faulen. Das Bier wurde sauer und landete ebenfalls im Meer. Das Mehl war feucht geworden und Mike brachte damit beim Backen nur noch schwere zähe Klumpen zustande. Auf den Genuss von Schiffszwieback verzichtete Diane inzwischen, nachdem sie eines Morgens eine dicke weiße Made in ihrer bröseligen Scheibe entdeckt hatte. Die Matrosen lachten über ihre Empfindlichkeit und lobten die Maden als hervorragendes Frischfleisch. Sie machten sich einen Spaß daraus, ihr aufzuzählen, was Seeleute auf ihren Schiffen schon alles zu essen bekommen hätten. Gebratene Ratten waren da noch das Appetitlichste. Dabei verursachte die Arbeit an der frischen Seeluft großen Hunger, und so blieb ihr nichts anderes übrig, als das vorhandene Essen mit Todesverachtung hinunterzuschlucken. In den Fässern hatte sich das eingesalzene Fleisch in steinharte, undefinierbare Brocken verwandelt, die man mit dem Messer klein schneiden musste, da man ihnen mit den Zähnen nicht beikam. Als Beilage wechselten sich Bohnen und Rüben ab, und natürlich so etwas wie vergorener Kohl. Den gab es jeden Donnerstag und Diane wurde schon bei dem säuerlichen Geruch übel. Andererseits spürte sie, dass ihr Körper danach gierte. Das Trinkwasser hatte eine grünliche Färbung angenommen und war nur noch als Tee oder mit einem gehörigen Schuss Rum einigermaßen genießbar. Ein Lichtblick war der Wein, der in den Fässern und Flaschen Hitze und Feuchtigkeit trotzte.

Schon vier Tage lang dümpelte das Schiff in der spiegelglatten See, als noch zu allem Überfluss Nebel aufkam. Die Sicht reichte kaum bis zur halben Höhe der Masten und die schlaffen Obermarssegel verschwanden ganz im Dunst. Es war beängstigend. Das Schiff schien im Nirgendwo zu schweben und alle Geräusche wurden verstärkt und von der undurchdringlichen Wand zurückgeworfen.

Von acht Uhr bis Mitternacht musste Diane an Deck sein. Es gab so gut wie nichts zu tun. Die Zeit schlich dahin und nur die Glocke vermittelte das langsame Fortschreiten der Nacht. Die Nebelwand reflektierte die Positionslichter und schien selbst zu leuchten. Die Matrosen an Deck gingen sich aus dem Weg, die Stimmung war düster und keine Gespräche verkürzten die Zeit. Endlich schlug es acht Glasen. Diane verzichtete auf den Schlaftrunk in der Messe und schlich beklommen in ihre Kabine, wo sie lange keinen Schlaf fand.

Aus unruhigen Träumen schreckte sie hoch. Ein schauriger Schrei hatte sie geweckt und dann noch ein Schrei. Schrill, langanhaltend und allmählich ersterbend. Dann, von weiter weg und leiser, wie eine Antwort, derselbe Schrei. Oder war es Gesang? Die Töne kamen nicht vom Schiff, sondern aus den Tiefen des Ozeans, gleichzeitig schaurig und sehnsüchtig. Sirenen, schoss es Diane durch den Kopf. Sie hatte von ihnen gehört und auch davon, dass diese Wesen Schiffe ins Verderben lockten. Diane hatte sich aufgesetzt und die Decke eng um ihre Schultern geschlungen. Der Gesang wiederholte sich in unregelmäßigen Abständen, mal kürzer, mal länger, dann wie Gelächter. Diane lauschte angespannt. Ihr Herz klopfte wild, Wellen von Schauern durchfluteten ihren Körper, nicht Angst erschütterte sie, sondern echtes Grauen. Um der Panik zu entgehen, zog sie die Decke über ihren Kopf.

Etwa zwei Stunden hielten die Gesänge an, dann wurden sie leiser, entfernten sich allmählich und verstummten schließlich. Der Morgen graute bereits, als Diane endlich in einen leichten Schlaf verfiel.

Lange vor Beginn ihrer Schicht eilte sie in die Messe, sie sehnte sich nach Gesellschaft. Nur wenige Tische waren von einigen Crewmitgliedern, die stumm vor ihrem kargen Frühstück saßen, besetzt. Mike hatte bereits Tee gekocht und servierte ihr freundlich eine Tasse des süßen Getränks, das wohltuend und warm ihre Kehle hinunterrann.

„Hast du heute Nacht auch diese Schreie im Meer gehört?", fragte sie ihn.

„Das sind keine Schreie. Das ist der Gesang der Wale," war seine Antwort. „Ich denke, sie sprechen so miteinander."

Das Fett der Wale diente als Brennstoff für ihre Öllampen, das wusste Diane, weiter hatte sie darüber aber nie nachgedacht.

„Wale sind riesengroße Fische", fuhr Mike fort. „Sie sind gefährlich. Es gibt Berichte, dass sie ganze Schiffe angegriffen und zum Kentern gebracht haben."

Das war für Diane alles andere als beruhigend. Zusätzlich zu Nebel und Flaute waren sie jetzt also auch noch von Meeresungeheuern umringt.

Sie ging an Deck, wo nach wie vor die undurchdringliche Nebelwand das Schiff einschloss. Daniel stand neben dem Ruder, das mit einem Seil fixiert war. Steuern war nicht möglich, ebenso wenig wie die Position zu bestimmen. Allein der Kompass gab noch Auskunft, in welche Richtung der Bug gerade zufällig zeigte.

Die Stimmung in der Mannschaft wurde immer gereizter. Diane wurde dafür angegriffen, dass sich die tägliche Position des Schiffes kaum änderte. Schließlich wurde es John zu bunt. Er befahl, die beiden Boote zu Wasser zu lassen mit jeweils fünf Ruderern, die das Schiff abschleppen mussten.

„Das wird euch auf andere Gedanken bringen, als hier meine Navigatorin schlecht zu machen!"
Er war wütend und das merkten auch die Männer. Widerspruchlos folgten sie seinen Befehlen. Für die Bootsbesatzungen begann nun eine äußerst anstrengende Arbeit. Mit kräftigen Schlägen trieben sie ihre schweren Boote über die See, bis die Schlepptaue mit einem Ruck steif kamen. Der Schweiß rann ihnen in Strömen über Gesichter und Oberkörper. Jede Stunde wurden die Ruderer abgelöst. Keiner war begeistert, aber niemand wagte, offen zu protestieren. Die Anstrengung tat ihnen gut. Alles war besser, als untätig in den Nebel zu starren. Es ging langsam voran, aber wenigstens bewegte sich etwas.

Endlich, am sechsten Tag streifte ein Lufthauch Dianes Wange. Der langersehnte Wind kehrte zurück. Stetig nahm er zu und hatte nach wenigen Stunden die undurchdringlichen Schwaden vertrieben. Die Segel füllten sich, das leise Rauschen der Bugwelle war zu vernehmen und das Schiff nahm endlich wieder Fahrt auf.

18. Sturm

Diane saß auf den warmen Planken des Achterdecks, bequem an die Reling gelehnt. Träumerisch spielte sie mit dem Bändsel, den sie ständig bei sich trug, um Knoten zu üben. Über ihr türmten sich die leicht gefüllten Segel, die vor einem dunstig blauen Himmel halbherzig im Wellengang schlugen. Die totale Flaute hatte einem schwachen Wind von Osten Platz gemacht. Der Besanmast über ihr begleitete das sanfte Wiegen des Schiffes und zeichnete Kreise in die durchsichtigen fedrigen Wolken. Unter Deck war es heiß und stickig, aber hier oben machten die leichte Brise und die Schatten spendenden Segel den Aufenthalt einigermaßen angenehm.

Die Männer waren zum Teil dazu übergegangen, an Deck mit bloßem Oberkörper zu arbeiten, was ihren bereits gebräunten Rücken nichts mehr anhaben konnte. Dianes Gesicht, Halsausschnitt und Arme hatten die anfänglich krebsrote Farbe dagegen abgelegt und waren dabei, den Teint einer Zigeunerin anzunehmen.

Am Steuerrad nicht weit von ihr stand John. Von hier aus konnte sie ihn unbemerkt betrachten. Mit leicht gespreizten Beinen stand er hinter dem Ruder, die eine Hand an den Spaken, die andere lässig über eine Speiche gelegt. Seine Haare fielen ihm weich und dicht ins Genick. Das war der Kapitän, der sie noch vor Kurzem in Angst und Schrecken versetzt hatte. Jetzt fand sie seine Erscheinung, aus der Ferne betrachtet, durchaus anziehend. Seine Haltung ihr gegenüber hatte sich grundlegend verändert. Er zeigte sich nun freundlich und respektvoll und Diane begann allmählich Vertrauen zu ihm zu fassen. Er und Daniel wechselten sich bei ihrer Unterweisung ab. Sie war eine äußerst motivierte Schülerin, denn selten hatte sie ein Gebiet so interessiert wie diese fremde und neue Welt der Seefahrt und Navigation. Die Seekarten befanden sich in der Kapitänskajüte und wenn John ihr in seiner Kabine die

Position, Route, Winde und Strömungen erklärte, kam trotz all dem neu gewonnenen Vertrauen in ihr regelmäßig die alte Scheu wieder hoch.

Gestern war er ihr zu Hilfe gekommen und hatte seine Männer heftig gemaßregelt. Trotz der Fron auf den Ruderbooten hatte sie am Abend in der Messe niemanden gehört, der in seiner Abwesenheit abfällig über ihn geredet hätte. Vielmehr wirkte die Mannschaft zufriedener als in den Tagen zuvor, weil sie müde von der Arbeit war.

John war sich Dianes Anwesenheit an Deck bewusst, denn er drehte sich zu ihr um und winkte sie zu sich.

„Übernimm du das Ruder", sagte er und trat einen Schritt zur Seite, um ihr Platz zu machen. Diane griff in die Spaken, während er neben ihr stehend das Rad mit einer Hand festhielt.

„Wir segeln jetzt mit halbem Wind", erklärte er, „beobachte das Stagsegel. Es ist das Erste, das zu killen beginnt, wenn du zu stark anluvst." Dann wies er auf das Fähnchen auf dem Großtop über ihnen: „Der Verklicker sollte stets steuerbord, leicht achtern stehen. Wenn du diese beiden Dinge beachtest, kann nichts schiefgehen."

Dann ließ er das Steuerrad los. Es reichte ihr fast bis zum Kinn und erschien ihr unhandlich und klobig. Es hatte immer kinderleicht ausgesehen, wenn sie dem Steuermann zugeschaut hatte, aber jetzt spürte sie, wie das Schiff mal zur einen und mal zur anderen Seite zog.

„Du wirst uns schon nicht zum Kentern bringen", lachte John und klopfte ihr auf die Schulter. „Jetzt bin ich mit Ausruhen dran." Er ging nach hinten an die Reling und nahm ihren vorherigen Platz ein.

Diane kam ins Schwitzen. Sie hatte jetzt die Verantwortung für das Schiff. Sie zwang sich zur Ruhe, ordnete ihr neu gelerntes seglerisches Wissen und probierte schließlich, als sie sich sicherer fühlte, was passierte, wenn sie die ideale Segellinie verließ. Sie drehte das Rad nach links, bis das Stagsegel zu zittern begann, und fiel dann sofort wieder ab auf den alten Kurs. Das Schiff reagierte, und ein Gefühl der Stärke überkam sie, als sie spürte, dass dieses riesige Gefährt auch ihrem kleinsten Befehl gehorchte. Sehr bald bekam sie die Bewegungen des Schiffes ins Gefühl und es gelang ihr, gegenzusteuern, ohne dabei viel denken zu müssen.

Nach etwa einer Stunde kam John vor und stellte sich neben sie. Mit zusammengekniffenen Augen blickte er ins Weite und sagte in Gedanken: „Sieht nicht gut aus mit dem Wetter." Diane folgte seinem Blick, konnte aber nichts Außergewöhnliches erkennen. Der Himmel hatte eine trübe Farbe angenommen, die Sonne stand beinahe senkrecht über ihnen und lugte als verschwommener Lichtball durch den Dunst. Himmel und Wasser gingen ineinander über. Die Horizontlinie war verschwunden. Der Wind war wieder völlig erstorben und das Steuerrad bot keinerlei Widerstand mehr.

„Bleibst du noch kurz am Steuer?", fragte er. „Ich muss Mr. Byrnes suchen, aber mach dir keine Sorgen", fügte er mit einem beruhigenden Lächeln hinzu.

Bald waren beide wieder da. Zwei starke Männer begleiteten sie.

„Du wirst jetzt abgelöst. Der Luftdruck ist im freien Fall und was jetzt kommt, übersteigt deine Kräfte bei Weitem. Mr. Byrnes wird dir sagen, was du tun sollst."

Der Alle-Mann-Pfiff ertönte und bald war das Schiff von Betriebsamkeit erfüllt. Männer enterten die Takelage, Segel wurden gerefft und Sturmsegel gesetzt.

„Diane, gehen Sie vor und helfen Sie beim Einholen von Lee- und Großstagsegel. Anschließend kontrollieren Sie das ganze Schiff", sagte Mr. Byrnes zu ihr. „Alles, was nicht niet- und nagelfest ist, wird festgezurrt oder entfernt, Klampen, Beiboote und so weiter. Und Diane, ganz wichtig, halten Sie sich immer mit einer Hand irgendwo fest. Kein Schritt ohne Halt."

Stag- und Leesegel ließen sich vom Deck aus bedienen. Zu dritt lösten die Seeleute das Fall von den Hörnern und Diane half beim Einrollen und Verstauen des Tuches. Anschließend eilte sie über die Decks, um nach losen Gerätschaften zu suchen. Noch lag die Karavelle ruhig im Wasser, nur kleine, unregelmäßige Wellen ließen erahnen, dass nicht weit entfernt Wind das Wasser aufpeitschte.

Der Sturm traf das Schiff wie ein Keulenschlag. Eine mächtige Bö fuhr seitlich in die verbliebenen Segel, die Masten näherten sich gefährlich der Wasserlinie, mit einem Ruck richtete das Schiff sich wieder auf und stand jetzt im Wind. Brecher spülten von vorne nach hinten über die Decks. Das Wasser ergoss sich in Strömen durch die Speigatten zurück ins aufgepeitschte Meer. Diane war von der Heftigkeit der Schläge überrascht. Zum Glück hatte sie das Seil, mit dem sie die Persenning des Beibootes zusätzlich festlaschen wollte, in der Hand. Die Wellen schleuderten sie zur Seite, beinahe überschlug sie sich. Durchnässt richtete sie sich mühsam auf. Nun da das Wetter von vorne kam, verhielt sich das Schiff ruhiger. Es rollte kaum noch. Bei jeder Welle aber bäumte es sich auf und hieb kopfüber in die nächste See ein. Himmel und kochendes Wasser lösten sich ab, aber das seitliche Krängen hatte nachgelassen.

Diane sah, dass jetzt Pit und ein zweiter Mann am Ruder standen, und John seinen Männern half, nun auch noch alle Besansegel einzuholen. In der schwankenden Takelage bewegten sie sich geschmeidig und schnell und trotzten dem Tosen um sie herum.

Dann brach der Sturm richtig los. Der Wind übertönte jedes Wort, schwere Regenböen fegten zischend über das Wasser Regentropfen und Gischt stachen wie Nadeln ins Gesicht. Bei jeder Höllenfahrt ins nächste Wellental dachte Diane, das Ende sei gekommen. Aber immer wieder befreite sich der Dreimaster aus dem Griff der tobenden Wassermassen und schoss steil den nächsten Berg hinauf, der vor dem Bug heranrollte. Das Schiff erschien ihr plötzlich nicht mehr stark und mächtig, sondern zerbrechlich wie eine Nussschale, die hilflos auf dem aufgepeitschten Ozean tanzte. Wie ein Wunder kam es ihr vor, dass die Takelage standhielt und dass die armdicken Taue nicht wie Spinnweben unter dem Zug rissen. Sie litt Todesängste und kämpfte gegen den Impuls an, sich an einen Mast zu klammern und das Gesicht gegen das Holz gepresst in den Armen zu verbergen. Nur der Anblick der Mannschaft, die eingespielt und ohne Zeichen von Panik ihrer Arbeit nachging, gab ihr den Mut, durchzuhalten.

Zwei Stunden schon tobte der Sturm. Ein Absturz in den Abgrund folgte dem anderen, danach ging es senkrecht die nächste anrollende Wasserwand hinauf. Es wollte kein Ende nehmen, Mal auf Mal wiederholte sich der Albtraum. Diane hatte mit dem Leben abgeschlossen. Schon lange waren ihr die Kräfte ausgegangen, ihre Arme schmerzten vom ständigen Anklammern an irgendeine Leine, die verhindern sollte, dass sie über Bord gespült wurde. Sie erledigte keine nützliche Arbeit mehr, sondern kämpfte nur noch ums Überleben, konnte sich aber nicht vorstellen, in den Bauch des Schiffes zu flüchten und hilflos in ihrer engen Kammer herumgeschleudert zu werden.

Plötzlich bemerkte sie, wie neben ihr die Fockschot sich unter dem Zug des Sturmsegels langsam von dem Beleghorn löste. Wenn die Schot über Bord ging, war das Segel verloren, der Wind hätte es in einer Sekunde zerfetzt und somit das wichtigste Instrument zur Stabilisierung vernichtet. Ohne seinen Zug könnte sich das Schiff querstellen und möglicherweise in den Wellen kentern.

Diane erreichte das dicke Tau gerade noch in dem Augenblick, als es sich vollends gelöst hatte. Sie versuchte, es wieder heranzuholen, hatte aber die Gewalt des Segels unterschätzt, das im Wind schlug und knallte, und das Seil wie eine wütende Schlange tanzen ließ. Sie wurde hin- und hergerissen und spürte, dass ihre Kraft gegen diese Gewalt in keiner Weise ankommen konnte. Wenn nur eine einzige Windbö aus dem falschen Winkel in das Segel fuhr, würde es sich schlagartig aufblähen und sie am Ende der Schot über Bord katapultieren.

Plötzlich ließ der Zug nach. Vor ihr hatten acht kräftige Arme, wie aus dem Nichts aufgetaucht, das Tau ergriffen. Mit vereinten Kräften gelang es den Männern, das Segel zu bändigen. John wandte sich Diane zu und schrie: „Beleg das Ende!". Blitzschnell führte sie den Handgriff aus, der nach hundertfacher Übung automatisch saß, und die Männer konnten das Seil loslassen.

John sprang zu ihr, umfasste sie mit beiden Armen und drückte sie fest an sich. „Ich dachte schon, wir würden dich verlieren", keuchte er. Sie blickte hoch und sah ihn an. Seine nassen Haare hingen ihm in Strähnen ins Gesicht, Bächlein von Regenwasser liefen daran herunter, aber er lachte und seine Augen blitzten. Ein euphorisches Gefühl stieg in ihr auf und sie jubelte laut und erwiderte seinen Druck.

„Komm mit", rief er, „Pit braucht Hilfe am Steuer!" Er zog sie mit aufs Achterdeck. Der Steuermann kämpfte mit dem Ruder. John griff jetzt mit ihm in die Speichen. Auch zu viert hatten sie Mühe, das Schiff auf Kurs zu halten, aber immer wieder blickte John zu ihr her und seine Augen strahlten.

Sie stand in seiner Nähe am Fuße des Besanmasts und hielt sich an den Leinen fest, die den Mast hinunterliefen. Sie war zu erschöpft, um noch einen Finger zu rühren, aber in ihrem Inneren tosten die Gefühle stärker als der Sturm. Am liebsten hätte sie laut gelacht und vor Glück geschrien. Das Stampfen des Schiffes, das Heulen des Windes und das Toben der Wellen berauschten sie jetzt ungleich stärker, als es jemals ein wilder Ritt früher getan hatte. Sie war bereit, mit diesem Schiff in die Hölle zu fahren, und keine Naturgewalt konnte ihr mehr Schrecken einjagen.

Allmählich ließ der Wind etwas nach. Sturzbäche ergossen sich über Schiff und Menschen. Diane hielt ihr Gesicht in den warmen Regen, Unmengen von Süßwasser spülten Salz aus Kleidung, Haut und Haaren. Die Zunge leitete lange vermisstes frisches Wasser in ihren Mund. Diane hatte Lust, im Regen zu tanzen.

Die Männer sammelten in Kübeln die von den Segeln herunterfließenden Ströme. Überall sah sie freudige Gesichter, niemand schien sich Sorgen wegen des Unwetters gemacht zu haben.

John war bei ihr. Er umfasste mit einem Arm ihre Schultern. „Ablösung, wir haben's geschafft", sagte er und führte sie die Treppe runter aufs Mitteldeck.

„Zieh dich um und komm in die Messe. Wir müssen deine Sturmtaufe feiern!", sagte er lachend und entließ sie in den dunklen Gang. Diane musste sich an den Führungsseilen festhalten, weil die Wellen dem Schiff immer noch kräftige Stöße versetzten und ihr das Gleichgewicht raubten.

In der Messe saßen die Männer, die mit ihr in der Schicht gearbeitet hatten, schon alle da. Sie hatten mehrere Tische zusammengerückt und Diane merkte sofort, dass die Stimmung eine ganz andere war als noch vor wenigen Stunden. Als sie den Raum betrat, rief Simon, einer der Ur-Mannschaft, die damals auf den Aran-Inseln den Schoner gekapert hatte: „Und wie war dein erster Sturm? Wenigstens seekrank geworden?"

Es folgte ein allgemeines Gejohle. John lächelte ihr zu und deutete ihr, neben ihm auf der Bank Platz zu nehmen. Mike servierte ein heißes Getränk, eine Mischung aus Tee, Rotwein, Zucker und Gewürzen, das den Körper wohltuend erwärmte. Ein großer Becher wurde ihr sofort zugeschoben, und von allen Seiten streckten sich ihr die Krüge zum Anstoßen entgegen.

Sie erfuhr, dass der Sturm, der sie in Angst und Schrecken versetzt hatte, nichts anderes als eine Mütze voll Wind war. Schaurige Geschichten von richtigen Stürmen, die Diane nur zur Hälfte glauben konnte, wurden aufgetischt, wobei alle bestrebt waren einander zu übertrumpfen.

Der heiße Rotwein tat schnell seine Wirkung. Das euphorische Gefühl in ihr verstärkte sich noch und sie war so glücklich wie nie zuvor. Sie spürte Johns Nähe körperlich, obwohl sie sich nicht berührten.

Nick und Eon waren besonders guter Laune. Nick hatte seine Fiddle dabei und sie begannen recht bald, zu spielen und zu singen. Sie waren die rauesten Burschen der Mannschaft und Diane war erstaunt, mit welcher Weichheit sie manchmal melancholische Lieder ihrer Heimat sangen. Heute jedoch war keine Melancholie angesagt. Nick dichtete Strophen und beide sangen den Refrain dazu. Mit der Zeit stimmten immer mehr Männer in den Refrain, der äußerst melodisch war, ein. Die Strophen waren frech. Jeder bekam sein Fett weg einschließlich des Kapitäns und Frauen an Bord von Schiffen. Nach einer Weile wagte auch Diane mitzusingen, erst zaghaft, denn ihr Sopran stach unter den Männerstimmen deutlich hervor. Schließlich wurde sie jedoch mutiger und sang aus voller Kehle mit. Die Musikalischsten der Mannschaft sangen mit kräftigem Bass und zweiter Stimme, so dass ein wunderbar harmonischer und lustiger Gesang entstand.

Ohne Vorwarnung überfiel Diane die Erschöpfung. Sie konnte kaum noch die Augen offenhalten und schwankte leicht auf ihrem Platz. Sie spürte, wie John in einer vorsichtigen, fast schüchternen Bewegung seinen Arm um sie legte und sie an sich zog. Sie lehnte an seiner Schulter, spürte seine Wärme, hörte, wie sein Herz schlug, sog seinen Geruch tief ein und war bereit, für diesen Augenblick weiteren tausend Stürmen zu trotzen. Im Halbbewusstsein hörte sie, wie die Gesellschaft mit der Zeit ruhiger wurde und die Männer sich schließlich bereit machten, sich in ihre Kojen zurückzuziehen.

John schüttelte sie sacht und flüsterte ihren Namen. Sie öffnete sofort die Augen. Sie fühlte sich ziemlich schwindlig. Er führte sie hinunter, bis sie am Ende des Gangs standen. Er drückte ihre Hand an seine Lippen und sagte sanft: „Schlaf gut, Diane." Dann öffnete er ihr die Tür zu ihrer Kammer.

Als sie im Bett lag, schlug ihr Herz wild und sie war hellwach. Wenn John sie eingeladen hätte, ihm in seine Kabine zu folgen, hätte sie das mit Freuden getan.

19. Relingsgespräche

Jeden Nachmittag in den folgenden Tagen, wenn John am Ruder stand, leistete Diane ihm Gesellschaft. Zum ersten Mal sprachen sie auch über Dinge miteinander, die nichts mit der Seefahrt zu tun hatten. Wenn sie John von ihrer Vergangenheit erzählte, war ihr, als redete sie von einem anderen Menschen. Die alte Diane Fonteyn war gestorben. Sie war neu geboren worden, jetzt endlich sie selbst. George, Dartmouth und ihre missgünstigen Bekannten gehörten einer anderen Welt an, die so fern war, dass selbst die Sorge um ihre Pferde, die einzigen Wesen, denen sie nachtrauerte, allmählich verblasste.

Auch John erzählte von seinem Leben auf den Aran-Inseln, und sie hörte die Geschichte, die sie bereits von Francis kannte, aus seinem Mund. Zum ersten Mal sprach er auch Pauls Tod an. „Paul und ich, wir waren wie Brüder. Wir waren gleich alt und sind im selben Dorf aufgewachsen. Zusammen haben wir uns von unserem alten Leben befreit und auf Kaperfahrten die besten Pläne ausgeheckt. Es war seine Idee, Südengland anzusteuern und unsere Familien in Irland zu besuchen und zu unterstützen. Seinen Eltern seinen Tod mitzuteilen, war für mich ein sehr schwerer Gang. Der Verlust ist auch für mich kaum zu ertragen, ganz besonders die Vorstellung, dass er so einsam und elend sterben musste und sein Körper irgendwo in Devon verscharrt liegt."

Diane spürte, wie schwer es ihm fiel, über seinen Kummer zu sprechen. „Vor Jahren habe ich ein Gedicht gelesen", entgegnete sie leise, „ich kann mich nicht mehr an den genauen Wortlaut erinnern, aber es ging ungefähr so:

Steh nicht an meinem Grab und weine,
ich bin nicht dort, ich schlafe nicht.
Ich bin der Wind, der deine Segel bläht,
Ich bin das diamantene Glitzern in den Wellen,

Ich bin der Flug der Möwen im Sturm,
Ich bin der Stern, der dir nachts den Weg weist.
Steh nicht an meinem Grab und weine,
ich bin nicht dort, ich bin nicht tot."

John blickte sie an. Diane sah, dass er Tränen in den Augen hatte. Abrupt drehte er sich um und ging den Niedergang hinab.

In den folgenden Wochen wurden ihre Gespräche, an die Reling gelehnt, mit Blick auf die Wellen, zu einer anregenden Gewohnheit. Johns Humor hatte wenig gemein mit Nicks brachialen Späßen. Er brachte Diane häufig zum Lachen. Und obwohl er nie wieder über Paul sprach, erschien er Diane wie von einer Last befreit.

Schließlich konnte sie die Frage, die ihr im Kopf umging, nicht länger zurückhalten: „Hast du dir schon einmal überlegt, deinen Lebensunterhalt anders als durch Räubereien zu bestreiten?"

„Klar habe ich das. Ich habe aber bis jetzt nichts anderes gefunden, das mir diese Freiheit gewährt", erklärte er.

„Aber es ist eine Freiheit auf Kosten der anderen. Du bringst dabei doch laufend Menschen um."

„Das stimmt natürlich. Aber das tut jeder Kapitän, ob in der Kriegs- oder Handelsflotte. Das Leben auf See ist ungeheuer hart und gefährlich. Überleg doch, ich bin nun mal Seemann. Welche Wege stehen mir denn schon offen? Als Ire ohne Beziehungen hätte ich in der Marine selbst mit den besten Leistungen nur einen der niedrigsten Posten bekommen. Aber nehmen wir an, ich wäre der Kapitän eines Linienschiffes der königlichen Admiralität. Ich wäre gezwungen, Hunderte von armen Teufeln, die sich nichts sehnlicher wünschen, als zu Hause bei ihren Frauen zu sein, in den Tod zu schicken. Für irgendwelche machtpolitischen Ziele, die keinem von ihnen nutzen oder überhaupt durchschaubar sind. Oder nehmen wir an, ich wäre bei der Handelsmarine. Bei jeder längeren Fahrt müsste ich fünfzig Prozent mehr Seeleute als der Bedarf ist, mitnehmen, um die Männer zu ersetzen, die durch falsche Ernährung und Krank-

heit ausfallen. Viele von ihnen sind nicht freiwillig an Bord, weil sie nachts, unter skrupelloser Ausnutzung ihres Suffs, in den Pubs gepresst worden sind. Um diese Leute in Zaum zu halten, bedarf es unbarmherziger und brutaler Disziplinierungsmittel."
„Hier an Bord habe ich dergleichen aber nicht beobachtet."
„Die Männer der Ursa Major sind aus freien Stücken hier. Sie wissen bei jeder Fahrt genau, wo es hingeht und wofür sie kämpfen, nämlich für ihren eigenen Vorteil und nicht einen fremden. Ich wähle sie sorgfältig aus. Keiner von ihnen ist eine dieser mordlüsternen Gestalten, von denen es unter Seeräubern zugegebenermaßen genügend gibt. Sie sind mit vollem Einsatz dabei und legen ihr Leben als Teil dieses Einsatzes in die Waagschale."
„Schrecken sie die Gefahren nicht ab?"
„Natürlich gibt es dabei auch Tote, aber es geschieht nicht aus Mordlust. Auf Schiffen ist der Tod übrigens ein ständiger Begleiter. Und glaube mir, ich plane die Anschläge so, dass sie mit einem Minimum an Verlusten abgehen." Er sah sie an. „Wenn ich dich umgebracht hätte, wäre das das Niedrigste gewesen, das ich je getan hätte, aber Pauls Schicksal hatte mich um den Verstand gebracht."

Mit dem günstigen Ostwind machte das Schiff jetzt flotte Fahrt und Diane konnte jeden Tag eine große zurückgelegte Strecke ins Logbuch eintragen. Sie stöberte gern in Johns Seekarten und stellte fest, dass sie sich teilweise widersprachen. Die Umrisse von Land und Inseln waren oft ungenau dargestellt. Landmarken waren die wichtigsten Orientierungspunkte, gelegentlich waren auch Wassertiefen in der Nähe von Küsten eingetragen. Strömungen spielten dagegen auf keiner Karte eine Rolle. Kapitäne hatten davon zwar eine ungefähre Vorstellung, aber sie waren nirgends dokumentiert. Aus leidvoller eigener Erfahrung und von Beobachtungen während des Navigierens wusste Diane, dass der Ozean von Strömungen durchzogen war. Obwohl sie seit Tagen einen strikten Westkurs segelten, zeigte die Position der abendlichen Peilung, dass das Schiff jedes Mal um einige Seemeilen nach Norden abgetrieben worden war. Es musste also im Atlantik an dieser Stelle eine nördliche Strömung vorherrschen. Durch gezieltes Ausnutzen dieser Kräfte wären Seefahrer zum Erreichen ihrer Ziele nicht ausschließlich auf den Wind angewiesen. Basierend auf den wenigen Informationen, die die Karten boten, berechnete Diane, dass mit gewissen Umwegen auch die Kalmen, deren Flaute sie als extrem belastend empfunden hatte, rascher durchquert werden könnte. Wenn sie ein Mann und Forscher wäre, würde sie mit großer Begeisterung die Meeresströmungen erkunden, dachte sie sich. Andererseits warum Mann? Sie als Frau könnte das genauso gut bewerkstelligen, wenn man sie nur ließe.

Allerdings war es jetzt nicht nötig, Strömungen zu nutzen. Stetig und gleichmäßig schob der Passat die Ursa Major vor sich her und bis auf einige kleinere stürmische Abschnitte verlief die Fahrt recht ruhig.

„Die Engländer sind die Pest", erklärte John ihr eines Tages. „Dank ihrer mächtigen Flotte dringen sie in alle Winkel der Erde vor. Sie meinen, die Welt gehöre ihnen, und sie dürften sie ausbeuten, wie es ihnen gefällt. In Irland herrschen sie seit fast 200 Jahren. Sie saugen die Insel aus. Der irischen Bevölkerung ist es verboten, Land zu besitzen. Sie müssen für einen Hungerlohn auf den englischen Besitztümern schuften, um Lebensmittel zu produzieren, die nach England exportiert werden, während in Irland viele Menschen darben. So machen sie es überall, in Indien, Australien, in der Karibik und Amerika. Sie versklaven die Menschen und bereichern sich rücksichtslos an den Schätzen der Welt. Ich hasse die Engländer und möchte ihnen schaden, wo ich nur kann."

„Du dachtest, ich wäre Engländerin und hast auch mich von Anbeginn gehasst ..."

„Das stimmt. Aber du bist ja zum Glück Französin", erwiderte er und sah sie schelmisch an. „Aber selbst, wenn du Engländerin wärest, würde ich dich nach allem, was ich von dir weiß, trotzdem ..."

Er machte eine kurze Pause, hielt das Wort zurück, das ihm auf den Lippen lag, und fügte schließlich hinzu: „... schätzen."

„Je mehr ich von der Welt kennen lerne, umso schwieriger erscheint es mir, einen Standpunkt zu finden," fuhr Diane fort.

„Nun ja, die Welt ist eben nicht schwarz oder weiß," ergänzte John.

„Auf jeden Fall sind Vorurteile schlechte Ratgeber. Obwohl mein Vater einem Adelsgeschlecht angehörte, war er ein Anhänger Voltaires, der vor allem die Toleranz hochgehalten hat, akzeptieren, dass es andere Vorstellungen von Lebenswegen gibt als der eigene. Durch diese Schule gehe ich gerade, und es ist nicht einfach. Ich muss ständig über meinen eigenen Schatten springen."

„Nun, das gelingt dir ja recht gut", erwiderte John lächelnd. „Ich habe dich in den Wanten beobachtet. Du gleichst da mehr einem Eichhörnchen als einer Lady und diese Verwandlung steht dir."

Innerlich musste Diane lächeln, weil sie wusste, wie mühsam der Weg dahin gewesen war.

„Kennst du den Leitspruch der Aufständischen in Frankreich?", fragte sie und fuhr dann fort: „Freiheit, Gleichheit, Brüderlichkeit. Nur dass sie ihre Ideale schnell vergessen haben. Erst haben sie die Aristokraten unter die Guillotine geschickt, und sich schließlich gegenseitig massakriert. Der Erfolg war am Ende wieder ein neuer absoluter Herrscher namens Napoleon, der mit seinen Eroberungskriegen Leid über ganz Europa bringt."

„England und Frankreich", sinnierte John, „Pest und Cholera. Ich maße mir kein Urteil dazu an, welche Macht das größere Unheil stiftet. Ich weiß nur, dass wir uns mit unserem wendigen Schiff unseren eigenen Weg suchen, und der ist nicht der schlechteste."

Diane überlegte eine Weile.

„Erstaunlicherweise habe ich auf deinem Piratenschiff einen Zustand vorgefunden, der dem Leitspruch der Revolutionäre näherkommt als alles, was ich an Land kennen gelernt habe. Hass aber richtet sich nicht nur gegen deine Feinde, sondern beschädigt auch deine Seele."

„Da hast du wohl recht. Gegen Hass hilft wahrscheinlich nur Respekt, Freundschaft und Liebe. Das finde ich teilweise auf der Ursa, aber auch auf meinem Schiff gibt es keine absolute Gleichheit. Zwischen einfachen Matrosen und Offizieren, zu denen du als Navigatorin gewissermaßen auch gehörst, gibt es durchaus ein Gefälle. Im Gegensatz zu anderen Schiffen hat jeder an Bord das Recht, sich auf dem Achterdeck aufzuhalten. Die meisten tun es aber nicht. Sie haben die Rangunterschiede verinnerlicht und fühlen sich auf der Back wohler. Du wirst aber in keiner Marine der Welt ein Schiff finden, in dem Kapitän und Mannschaft sich eine Messe teilen, so wie bei uns.

Was die Engländer angeht, die will ich weiter bekämpfen. Wenn der Gegner mordet, werde ich es auch tun."

„Du hast dich an das Töten gewöhnt?"

„In gewisser Weise, ja. Es beschert mir keine schlaflosen Nächte mehr, so wie zu Beginn. Auch du hast getötet. Es war wahrscheinlich dein erstes Mal, ich möchte jedoch auf keinen Fall, dass du dich daran gewöhnst."

„Das habe ich auch nicht vor."

Eine Weile blickten sie wortlos auf die glatte See, leise rauschte die Heckwelle bei etwa sechs Knoten Fahrt. Der Blick in die bewegten Schaumkronen vermittelte ein schwebendes Gefühl von Leichtigkeit und Freiheit. Verloren in Gedanken konnte Diane stundenlang das lebendige Meer auf sich wirken lassen. Schließlich aber nahm sie das Gespräch wieder auf: „Du verarztest deine Mannschaft und du hast mich operiert. Hast du eine Ausbildung als Arzt?"

„Nein", lachte John. „Zwei Jahre lang hatten wir einen Schiffsarzt. Ich habe mich für seine Arbeit interessiert und ihm oft assistiert, weil das keiner auf dem Schiff gern tun wollte. Dann aber hat er sich entschlossen, an Land legal zu praktizieren, da besteht keine Gefahr, als Pirat gehängt zu werden. Es ist schwierig, einen Wundarzt zu bekommen, also mache ich es eben selbst. An meiner Mannschaft konnte ich ausgiebig üben, so dass ich im Herausholen von Geschossen inzwischen schon eine gewisse Fertigkeit erreicht habe. Bei dir war es relativ einfach. Du hattest zum Glück nur ein dünnes Hemd an. Die Kugel hat den Stoff nur zerrissen und kein Material in die Wunde befördert, so war es nicht nötig, darin herumzustochern, um den Fremdkörper zu finden und zu entfernen, denn das tut dann richtig weh."

Nach wie vor half Diane Mike in der Messe. Das tat sie gern, obwohl sie oft persönlich dafür verantwortlich gemacht wurde, dass der Speiseplan einen Tiefpunkt erreicht hatte. Die Sticheleien waren jedoch nicht ernst gemeint, und mit jeder zurückgelegten Seemeile stieg die Stimmung und Vorfreude der Mannschaft auf das näherkommende Ziel.

An einem Nachmittag, die meisten Seeleute waren bei der Arbeit oder in ihren Kojen, nur wenige Tische besetzt, stand Diane hinter der Theke. Sie hatte nicht viel zu tun. Vor Kurzem hatte sie Piero und Sanchez, zwei spanischen Matrosen, ein Glas Wein gebracht, als Francis hereinkam. Erfreut begrüßte sie ihn. Seine angenehme Gesellschaft würde ihr die Zeit verkürzen. Francis war ihr ein guter Freund geworden, ein Vertrauter, den sie immer fragen konnte, wenn sie etwas in dieser Männerwelt nicht verstand.

„Piero und Sanchez haben sich über mich unterhalten. Ich habe aber nicht verstanden, worum es ging."

„Was haben sie gesagt?", fragte Francis.

„Ich weiß nicht. Ich habe Capitàn verstanden. Und dann haben sie so etwas wie Lacrida gesagt. Ich glaube, das war auf mich gemünzt, weil sie mich dabei so komisch angeschaut haben."

„Lacrida... dieses Wort kenne ich nicht." Francis überlegte eine Weile. Dann lachte er. „Kann es sein, dass sie ‚la guerida' gesagt haben?"

„Ja möglich, was bedeutet das?"

„Komm mit mir nach draußen. Was ich dir sagen möchte, müssen nicht jeder hören."

Erstaunt folgte Diane ihm aufs Mitteldeck, wo sie, ans Beiboot gelehnt, ihr Gespräch fortführten.

„La guerida bedeutet so etwas wie Liebchen. Ich glaube, sie meinten, du wärst la guerida del capitàn."

„Das ist eine bodenlose Unverschämtheit!", empörte sich Diane.
„Nicht unbedingt. Reg dich nicht gleich auf. Lass mich dir das erklären. Du befindest dich auf einem Schiff mit 40 Männern, die seit vielen Wochen keine Frau mehr berührt haben. Die meisten der Männer, mit denen du Karten spielst oder dich freundschaftlich unterhältst, betrachten dich als ihren Kameraden, für die würde ich meine Hände ins Feuer legen, dass sie dir nicht zu nahetreten. Das gilt aber nicht für alle. Piero und Sanchez sind nette Kerle, aber sie sind halt auch ... wie soll ich sagen ... sie sind eben Spanier, und bei ihnen könnte ich nicht garantieren, dass sie dich in Ruhe lassen. Wenn sie also denken, du bist die Geliebte des Kapitäns, dient das nur deiner Sicherheit."

„Mein Gott, ich dachte, das wäre inzwischen kein Problem mehr!"

„Es ist dir vielleicht nicht aufgefallen, aber John beobachtet mit Argusaugen, wie die Männer sich dir gegenüber verhalten." Er machte eine kurze Pause. „Wie jedes anständige Schiff haben auch wir eine neunschwänzige Katze an Bord."

„Neunschwänzige Katze???"

„Das ist eine Peitsche, die bei korrekter Anwendung die Haut des Rückens in Fetzen reißt. Sie ist bei uns noch nie eingesetzt worden, ich bin aber sicher, dass John nicht zögern würde, sie zu benützen, wenn einer der Mannschaft sich dir gegenüber massiv unangemessen verhielte."

„Ich dachte, seitdem ich Mitglied der Mannschaft bin, müsste ich mir keine Sorgen mehr über meine Sicherheit auf dem Schiff machen."

„Lass dich nicht entmutigen. So wie du es machst, ist es perfekt. Die Leute respektieren dich und du bist in ihren Augen sozusagen ein Mann ehrenhalber. Mach weiter wie bisher und für eventuelle Ausrutscher hast du ja jemanden, der über dich wacht."

Diane war sich nicht sicher, wie sie Francis' Ausführungen werten sollte. ‚Mann ehrenhalber', das empfand sie nicht unbedingt als Kompliment. Sie war eine Frau. Außerdem war sie sich nun nicht mehr sicher, ob Johns freundliche Annäherungen nicht bloß den Zweck hatten, sie vor der Mannschaft zu schützen.

20. Der Überfall

Zügig näherte sich die Ursa Major ihrem Ziel. Diane hatte die Tage genutzt, um zu lesen und war begierig, diese neue Welt kennenzulernen. Andererseits näherte sich auch der Zeitpunkt der Entscheidung. Sie verbrachte viel Zeit in Johns Kabine. Es waren ruhige und friedvolle Stunden. Auch wenn er nicht anwesend war, spürte sie seine Gegenwart. Ihr war noch völlig unklar, wie es nach ihrer Ankunft weitergehen würde. Es hing ja auch davon ab, wie John zu ihr stand. Eine große Sympathie verband sie, das war deutlich, aber erwiderte er auch ihre Gefühle? Er wahrte ihr gegenüber trotz aller Nähe eine gewisse Distanz, die sie nicht recht zu deuten wusste, und so mischte sich ihre Vorfreude auch mit Angst und Sorge.

„Hat John eine Frau?", wagte sie eines Tages, Francis zu fragen.

Francis blickte sie an. Sein Ausdruck ließ erkennen, dass er wusste, warum Diane sich dafür interessierte.

„Nun ja, er hat immer wieder mal Geliebte. Aber dann ist er wochen- und monatelang auf See, und aus ist's", erklärte er. „Für Seeleute ist es nicht einfach, eine Familie zu haben, da brauchst du eine Frau, die geduldig und treu auf dich wartet."

Diane wunderte sich, wie sehr Francis' Antwort sie erleichterte. Ihr standen also bei ihrer Entscheidung alle Optionen offen. Sie schob den Gedanken, wie es für sie weitergehen würde, beiseite, schließlich waren noch zwei Wochen Zeit, bis sie den ersten Hafen erreichen würden.

An einem Nachmittag, wenige Stunden nachdem sie die kleine Insel Barbuda passiert hatten, rief der Ausguck: „Schiff voraus!"

Es war das erste Mal, dass sie überhaupt einem Schiff begegneten. John übergab ihr das Ruder, eilte aufs Vordeck, kletterte die Wanten hoch und suchte mit einem Fernrohr den Horizont ab.

Sie sah, wie er mit Mr. Byrnes sprach, und wie plötzlich alle Männer der Besatzung, wie durch ein geheimes Signal zusammengerufen, sich auf der Back drängten. Es entstand eine fieberhafte Aufregung, die sich über die Entfernung hinweg auf Diane übertrug. Ihr Herz begann zu klopfen. Nach einer Weile kam John in Begleitung des Steuermanns auf das Achterdeck.

„Pit wird das Ruder übernehmen, komm mit mir." Er nahm sie mit aufs Vorschiff und ließ sie durch das Fernrohr schauen. Sie sah ein großes Schiff, das alle Segel gesetzt, auf sie zukam.

„Es ist eine Galeone, ein Handelsschiff", sagte er zu ihr, „ein sehr schwerfälliges Fahrzeug. Sie haben wahrscheinlich Tabak, Baumwolle, aber auch Gold und Silber geladen, und sie haben keine Eskorte."

Diane wusste sofort, was das zu bedeuten hatte. Sie blickte ihn an und bemerkte in seinem Gesicht einen harten und entschlossenen Ausdruck.

„Wir werden dieses Schiff nehmen", sagte er.

„Hast du nicht schon genug Beute? Müsst ihr euch noch einem Kampf aussetzen?", protestierte sie.

„Ich diskutiere das jetzt nicht mit dir, es ist beschlossene Sache", antwortete er barsch. Er sah sie an. „Das musst du einsehen", fuhr er sanfter fort, „es ist eine Gelegenheit, wie sie sich selten bietet. Sieh dich um, die Männer würden mich über Bord werfen, wenn ich sie daran hindern wollte."

Um sie herum herrschte Hektik. Alle 43 Mann schienen gleichzeitig an Deck herumzurennen. Dann hörte sie Mr. Byrnes rufen: „Alles klar zum Gefecht!"

Die halbe Mannschaft verschwand ins Kanonendeck, um die Geschütze zu laden und schussbereit zu machen.

Das Schiff war jetzt mit bloßem Auge deutlich zu erkennen.

John erklärte ihr seine Strategie: „Die Galeone ist zwar viel stärker bewaffnet als wir, im Vergleich zu unserer Fregatte aber völlig unbeweglich. Wir werden ihr in Luv begegnen und gleichzeitig eine Breitseite in Heckspiegel und Masten jagen. Das wirkt Wunder. Wir benutzen dazu Kettenkugeln. Das sind zwei Halbkugeln, die durch eine Kette verbunden sind, die haben eine verheerende Wirkung auf die Takelage. Unsere Kanonen können wir nur einmal abfeuern, zum Nachladen während des Kampfes ist unsere Mannschaft zu klein. Das heißt, wir müssen mit einer Salve das Schiff manövrierunfähig machen, dann wenn nötig wenden und ein zweites Mal feuern. Auf keinen Fall dürfen wir längsseits gehen und uns ihren Kanonen aussetzen. Wir spielen Katz und Maus, halten uns im Bereich des Hecks unserer Beute auf, legen sie lahm, um sie schließlich zu entern. Die größte Gefahr für uns ist die Kanone auf ihrem Achterdeck. Aber was ist schon eine Kugel im Vergleich zu unseren 30! Wenn wir einmal an Bord sind, haben wir gewonnen. Diese Händler leisten selten Widerstand und die Matrosen haben keinen Grund, für Güter, die ihnen nicht gehören, ihr Leben gegen eine Horde wildgewordener Piraten aufs Spiel zu setzen. Unsere Verluste bei dieser Aktion werden sich in überschaubarer Höhe halten, aber als Allererstes stellen wir uns vor."

Er schrie Eon, der am Fuße des Großmastes bereitstand, zu: „Hiss die Flagge!"

Langsam stieg die große schwarze Flagge den Mast empor. Sie flatterte im Wind und ein klammes Gefühl ergriff Diane. Der Anblick ließ sie schaudern. Als das Erkennungszeichen am Masttop wehte, ertönte ein freudiges Geheul aus allen Kehlen. Einige hatten sich das Gesicht mit Ruß schwarz gefärbt, was ihnen ein unheimliches Aussehen verlieh. Die Männer wirkten plötzlich fremd und gefährlich.

Immer größer zeichnete sich jetzt der Rumpf der Galeone über dem Horizont ab. Plötzlich sah Diane die Segel in der Nachmittagssonne aufblitzen, das Schiff war dabei, eine Wende zu vollführen.

„Sie versuchen zu fliehen. Sie hoffen, uns in der schützenden Dunkelheit zu entkommen. Das wird ihnen aber nicht gelingen," erklärte John.

Mr. Byrnes rief ein Kommando, plötzlich schienen sich alle Mann in der Takelage zu bewegen. Zwischen den Masten wurden die Stagsegel gesetzt. Das Schiff schien unter dem Druck der Segel Flügel zu bekommen. Wie ein jagendes Raubtier nahm die Ursa Fahrt auf. Der Bug durchpflügte das Wasser, zerschlug die andringenden Seen zu riesigen Fahnen von Gischt, deren Schleier über die sinkende Sonne zogen und ihre Glut in ein wahres Feuerwerk flüchtiger Regenbogen verwandelten. Das Kielwasser bildete eine kochende Spur, die sich leuchtend weiß von dem Blau des Meeres abhob. Zusehends verringerte sich der Abstand zur Beute.

„Komm mit mir runter," sagte John.

In seiner Kabine schnallte er sich Koppel und Säbel um und steckte eine Pistole in seinen Gürtel.

„Ich habe Angst", sagte Diane leise.

„Hier bist du am sichersten. Es kann dir gar nichts passieren. Versprich mir, dass du die Kabine nicht verlässt. Was auch geschehen wird, bleib weg von den Fenstern, halte dich hier bei der Tür auf. Und komm um Gottes willen nicht wieder an Deck."

„Nicht um mich habe ich Angst. Um dich", fügte sie fast unhörbar hinzu.

John hielt inne. Er sah sie an und alle Härte war aus seinem Blick gewichen. Er trat auf sie zu und schob seine Hand unter ihre Haare in ihren Nacken. Die Berührung ließ sie erzittern.

Leise nannte er ihren Namen, weiter sagte er nichts.

Dann war Diane allein. Sie setzte sich an den großen Tisch in der Nähe der Tür und wartete ab. Es vergingen lange Minuten, die ihr wie Stunden vorkamen. Vom Kanonendeck, das nur durch eine dünne Wand von ihrer Kabine getrennt war, hörte sie das Rumpeln der schweren Lafetten, Kommandos und Rufe. Und dann mit einem Mal war es still. Die Stille verstärkte noch ihre Beklommenheit. Sie war bedrohlicher als die Unruhe zuvor.

Plötzlich erbebte das Schiff unter dem Röhren der Kanonen, es folgte ein ohrenbetäubendes Krachen. War es die Ursa oder die Galeone, die getroffen worden war? Ein weiteres Getöse, und noch eines, diesmal kürzer. Jedesmal erbebte das Schiff unter dem Rückstoß. Der beißende Geruch des Pulverdampfes drang durch die Ritzen in der dünnen Trennwand bis zu ihr vor. Diane konnte unmöglich unterscheiden, welches Schiff feuerte und von welchem das schaurige Geräusch splitternden Holzes ertönte. Wie ein Tier in der Falle konnte sie nur an die Tür gelehnt, hilflos abwarten, was weiter geschah.

Plötzlich ertönte ein wildes Geheul, das ihr das Mark in den Knochen gefrieren ließ. Waren das die Männer, mit denen sie in der Messe gelacht und getrunken hatte? Kurz darauf ein leichter Stoß und erneut das Geschrei der Piraten.

Dann wurde es ruhiger. Diane wagte es nicht, ihren sicheren Platz zu verlassen, und lauschte angestrengt.

Ein Schatten verdunkelte die geschlossenen Fenster des Hecks. Es war der Rumpf der Galeone, der sie überragte.

Die Ursa Major wirkte wie ausgestorben. Kein Getrappel und keine Stimmen waren zu hören, selbst die gewohnten Segelgeräusche fehlten.

Es dauerte eine Ewigkeit, dann sprang die Tür auf. Es war Will, der ihr atemlos zurief: „Komm raus, keine Gefahr mehr. Die Galeone gehört uns."

„Gibt's auf eurer Seite Tote?", fragte Diane bang.

„Nein, nur drei Verletzte glaube ich."

„Wer?", fragte Diane und Panik stieg in ihr auf.

„Ich weiß nicht genau. Ich glaube Ron, und Cole und Francis hat es auch erwischt."

„Wo sind sie?", schrie Diane.

„Im mittleren Kanonendeck. John kümmert sich um sie. Ich muss jetzt weg, unsere Beute in Sicherheit bringen."

Schon war Will verschwunden und ließ Diane mit rasendem Herzen zurück.

In fieberhafter Eile erklomm sie die Treppe zum Mitteldeck. Backbords überragte sie der Rumpf der Galeone, die mit Tauen eng an die viel kleinere Fregatte verklammert war. Über einen Laufsteg zwischen Back und dem Mitteldeck des eroberten Schiffes strömten die Männer der Ursa johlend und lachend, bepackt mit großen und kleinen Kisten. Diane beachtete sie nicht und rannte rasch den steilen Niedergang zum Kanonendeck hinunter.

Das Kanonendeck, einst ihr finsteres Gefängnis, wurde durch die noch offenen Geschützpforten hell erleuchtet. An der vorderen linken Bordwand klaffte ein großes zersplittertes Loch, das zusätzlich Licht hereinließ an einer Stelle, wo keine Öffnung vorgesehen war. Der Boden war übersät mit Holzsplittern, die Kanonen, die immer in Reih und Glied ausgerichtet waren, standen jetzt ungeordnet und schräg da, wo der Rückstoß sie hin befördert hatte. In der Luft hing noch der Dampf des Schießpulvers, in den sich der metallische Geruch von Blut mischte. In der Mitte des Decks waren drei Liegen aufgebaut. Eine Laterne spendete zusätzlich Licht. John war über einen leblosen Körper gebeugt, Diane erkannte sofort, dass es sich um Francis handelte. Voller Schrecken sah sie, dass ihr Freund in einer Blutlache lag. Sein Hemd war rot getränkt und das Blut tropfte auf den Boden. Francis hatte die Augen geschlossen und war leichenblass.

„Francis...", flüsterte Diane und strich ihm übers Haar.

Francis öffnete die Augen einen Spalt und antwortete mit schwacher Stimme: „Diane, schön, dass du da bist." Dann dämmerte er wieder weg.

„Er hat einen gehörigen Hieb in den Oberarm erhalten", erklärte John sachlich. „Er hat viel Blut verloren, aber die Blutung lässt schon nach." Mit einer Aderpresse hatte er Francis' Oberarm abgebunden. In Abständen lockerte er den Druck, ein feiner hellroter Strahl ergoss sich über Francis' Hemd und frischte das bereits trocknende Blut auf.

„Mach dir keine Sorgen", beruhigte John sie. „Er wird's überstehen. Er ist ein zäher Kerl und er hat noch genug Blut im Körper. Ron dagegen hat einen Schuss in die Lunge erhalten. Er wird's nicht überleben. Steh ihm bei. Er braucht dich jetzt."

Erschrocken nahm Diane jetzt erst die beiden Männer wahr, die neben Francis lagen. In der Mitte befand sich Cole. Ein großer, schwarzer Holzsplitter steckte tief in seiner Brustmuskulatur. Offensichtlich wirkte er wie ein Korken, da kaum Blut aus der Wunde austrat.

Ganz links lag Ron. Mit ihm hatte Diane bislang wenig zu tun gehabt. Er war ein stiller, schüchterner Mann, der sie im Gegensatz zu Cole nie behelligt hatte.

Jetzt lag er da, die Augen weit aufgerissen. Nur ein kleines Loch, aus dem kaum Blut sickerte, war in seinem Hemd zu erkennen. In seinem halb geöffneten Mund waren die Zähne rot gefärbt und bei jedem röchelnden Atemzug bildeten sich Blasen und Schaum auf seinen Lippen. Ein dünnes Rinnsal von Blut floss aus seinem Mund über die Wange auf das Tuch der Unterlage. Diane trat an sein Lager und umfing mit beiden Händen seine Hand, die sich eiskalt anfühlte. Seine Finger aber klammerten sich fest an sie. „Ron, mein Lieber ...", stammelte Diane. Rons Lippen bewegten sich, außer einem Röcheln war jedoch nichts zu verstehen. Seine Augen aber sahen sie an und drückten dabei so viel Liebe und Zärtlichkeit aus, dass Diane die Tränen kamen. Sie spürte, dass nicht sie gemeint war, streichelte ihm aber sanft übers Haar. Lange sahen sie sich so an, bis ein letztes lautes Gurgeln ertönte. Ron bäumte sich kurz auf, dann trübte sich sein Blick und der Druck seiner Hand erschlaffte. Er war tot.

Diane konnte die Tränen nicht mehr zurückhalten. Sie verbarg ihr Gesicht in ihren Händen und schluchzte laut auf.

John trat an ihre Seite. „Er hat's geschafft. Ich denke, deine Gegenwart hat ihm den Übergang erleichtert." Er schloss Rons Augen, der jetzt friedlich zu schlafen schien.

„Francis' Blutung ist gestillt. Er ist sehr schwach, wird aber wahrscheinlich nicht sterben. Jetzt müssen wir uns Cole vornehmen. Träufle ihm sechs Tropfen davon auf die Lippen." Er reichte ihr das Fläschchen mit der Opiumtinktur.

„Cole hat mich geschlagen, als ich auf die Mars musste", versuchte Diane sich zu weigern.

„Das spielt jetzt keine Rolle. Tu, was ich dir sage."

Als Diane sich Cole näherte und das Fläschchen über seinen Mund hielt, fuhr der sie an: „Bleib mir weg mit diesem Mist. Gib mir lieber eine anständige Portion Rum!"

„Diesen Wunsch können wir ihm erfüllen", bemerkte John kalt. Ein Krug mit Rum stand bereit und John gab ihm einen großen Becher davon.

„Jetzt brauchen wir hier starke Männer. Du kümmerst dich besser um Francis."

Diane kauerte sich neben Francis' Lager und nahm seine blutige Hand in die ihre.

Die beiden kräftigen Matrosen, die die ganze Zeit im Hintergrund gewartet hatten, packten Coles Arme, nachdem der Rum seine Wirkung getan hatte. Der Splitter war so zerklüftet und voller Widerhaken, dass man ihn nicht einfach herausziehen konnte. John nahm ein scharfes Skalpell, das in einem Eimer mit heißem Wasser bereitlag, und schnitt tief in Coles Brust. Mit einem Geheul bäumte der sich auf, kam aber gegen die Kraft der Helfer nicht an. Nachdem er den großen Splitter entfernt hatte, holte John mit einer Pinzette sorgfältig jeden winzigen Span aus der Wunde. Wenn ihm das Blut die Sicht nahm, spülte einer der Männer die Wunde mit einem kräftigen Schuss Rum sauber. Jedes Mal verkrampfte sich Coles Körper, aber nur ein lautes Stöhnen entrang sich seiner Kehle. Nach einer Ewigkeit war die Wunde gereinigt und John nähte sie mit großen Stichen zu. An der Seite fügte er einen Docht ein, wie er es damals auch bei Diane gemacht hatte. Cole war halb bewusstlos und ließ die Prozedur widerstandslos über sich ergehen.

„Wenn sich kein Wundbrand einstellt, wird auch er es überstehen", erklärte John. „Frank und Pedro kümmern sich weiter um die Patienten. Komm mit. Ich glaube, wir brauchen jetzt eine Stärkung."

Auf dem Weg in die Messe überquerten sie das Mitteldeck. Immer noch strömten die plündernden Matrosen voll beladen aus dem eroberten Schiff auf die Ursa. Von ihrer hemmungslosen Freude fühlte Diane sich abgestoßen. Der Tod ihres Kameraden schien sie nicht im Geringsten zu beeinträchtigen.

In der Messe ließ John sich einen Eimer Wasser bringen, in dem er das Blut von seinen Händen wusch. Auch Diane versuchte, sich zu reinigen, aber die vielen Blutspritzer auf ihrem Hemd ließen sich nicht entfernen.

John schien müde. „Das ist der Preis", sagte er leise.

„Aber lässt Rons Tod den Rest der Mannschaft völlig kalt?"

„Täusche dich nicht, sie wissen ganz genau, dass es genauso sie hätte erwischen können. Das ist ihre Art, mit der Trauer fertig zu werden."

„Du warst eine große Hilfe", fügte er nach einer Pause hinzu. „Ron musste nicht einsam sterben. Gut, dass du ihn begleitet hast."

Der Rum, den Mike gebracht hatte, wärmte Dianes Körper und Seele ein wenig und sie widersprach nicht, als John sie aufforderte, das eroberte Schiff zu besichtigen. Inzwischen war das Tageslicht nahezu erloschen, lediglich ein orangefarbener Streifen, der allmählich ins Türkis überging, zeugte am Horizont vom scheidenden Tag. Auf beiden Schiffen waren alle Lichter entzündet und tauchten die Szenerie in ein gespenstisches Schattenspiel. Zum ersten Mal sah Diane die Schäden, die die kleine Fregatte an der Galeone angerichtet hatte. Der Besanmast hing über die Bordwand und trieb, gefesselt von der zusammengeschossenen Takelage, wie ein Treibanker im Wasser. Der Großmast war auf halber Höhe gekappt und hing mit seinen Unmengen an Rahen, zerrissenen Segeln und Tauen über dem Mitteldeck.

Diane und John schritten über den Laufsteg auf das eroberte Schiff. Immer noch kamen ihnen die Männer der Ursa mit erbeuteten Waren entgegen. Achtlos stiegen sie über die Körper der toten Besatzungsmitglieder der Galeone, die erschlagen von den herabgestürzten Rahen, zerfetzt von Kanonenkugeln oder erstochen auf dem blutigen Deck lagen.

Diane wollte entsetzt umkehren und die Flucht ergreifen, aber John ergriff ihre Hand und hielt sie fest, um sie davon abzuhalten. „Das musst du aushalten", bemerkte er kühl. Er führte sie zum Niedergang unter dem Achterdeck, und wieder zögerte Diane und war versucht, zurück auf ihr Schiff zu fliehen.

„Keine Angst", beruhigte sie John, „die Mannschaft hat sich ergeben. Sie sind alle im Zwischendeck eingeschlossen."

Sie stiegen die Treppe hinunter und befanden sich in den Räumen des Kapitäns. Die Kabine war mehr als dreimal so groß wie Johns eigene und luxuriös ausgestattet, wovon aber nicht mehr viel übrig war. Das prächtige Heckfenster war zerschossen, der Boden mit bunten Scherben, Büchern, Kartenfetzen und Holzsplittern übersät. Bei jedem Schritt knirschte es unter ihren Schuhen.

„Komm, ich zeige dir etwas", sagte John und führte sie an einen großen Schreibtisch, der noch unversehrt neben der Tür stand. Darauf lag eine Kassette, die er öffnete. Sie war mit Schmuck gefüllt.

„Das war bis vor Kurzem Eigentum der Lady des Kapitäns. Jetzt gehört es dir. Als Mitglied der Mannschaft steht auch dir ein Gutteil der Beute zu."

„Ich will davon nichts haben", entgegnete Diane trotzig.

„Lehne das nicht leichtfertig ab. Geld garantiert Unabhängigkeit. Und wenn ich recht verstanden habe, leidest du darunter, dass immer andere über dein Leben bestimmen. Wenn du Geld hast, kann dir niemand vorschreiben, was du zu tun hast. Selbst ich nicht, so leid mir das auch tut."

John nahm ein Goldkettchen aus der Schatulle und legte es um ihren Hals.

„Diese Kette ist kein Zeichen von Sklaverei, sondern von Freiheit", sagte er.

Diane wusste sofort, es war das Gegenstück zu der Kette, die er ihr nach ihrer Entführung umgelegt hatte. In ihrem Herz tobten die Gefühle. Trauer, Entsetzen, Freude, dass John am Leben war, alles vermengte sich zu einem kaum erträglichen Gewirr von Empfindungen. Sie sah John an und konnte sich nicht entscheiden, ob er erbarmungslos, mitfühlend oder kalt kalkulierend war. Aber er hatte ihr soeben ihre Freiheit zurückgegeben, auch die Freiheit, eigene Wege zu gehen.

Es war schon dunkle Nacht, als schließlich die Leinen der Galeone losgemacht und das manövrierunfähige Schiff sich selbst überlassen wurde.

„Die werden sich bald befreit haben", erklärte Nick, „dann können sie sich an die Reparatur machen, und wir sind über alle Berge."

Lange lag Diane in dieser Nacht wach im Bett. Die Ereignisse des Tages ließen sie nicht los. Der Geruch von Pulver und Blut hing ihr immer noch in der Nase, obwohl die frische Meeresluft ihn schon längst vertrieben hatte.

Sie betastete ihren Hals. Johns Geschenk war da, kostbarer als Gold. Sie dachte über seine Worte nach und über die Freiheit, die ihr nun zuwinkte. Zu ihrem wirren Gemisch von Gefühlen gesellte sich ein neues, banges. Was war das? War es die Freiheit, die ihr Angst einflößte? Die Verpflichtung, jetzt selbst über ihr Leben zu bestimmen? Bisher war sie immer abhängig gewesen. Schlagartig wurde ihr klar, dass Abhängigkeit auch Sicherheit bedeutete. Sie hatte sich so daran gewöhnt, dass sie jetzt wie ein Vogel im Käfig saß und Angst hatte, durch die offene Türe zu fliegen.

Sie stellte sich diesen Vogel vor, wie er vorsichtig auf die Schwelle hüpfte, den Kopf in alle Richtungen wandte und sich schließlich singend in die Lüfte schwang, in eine Welt voller Gefahren aber auch voller Verheißungen.

21. Rons Beisetzung

Am nächsten Morgen versammelte sich die Mannschaft auf der Back. Rons Körper war zusammen mit einer Kanonenkugel in ein Segeltuch eingenäht worden und lag auf den Decksplanken. Als John mit seiner kurzen Ansprache begann, herrschte absolute Stille unter der Besatzung, von der Freude über den Sieg des vorigen Tages war nichts mehr zu spüren.

„Ron, vier Jahre bist du mit uns gesegelt durch Sturm, Kampf und glückliche Tage", begann John. „Ich weiß, das bist nicht du in diesem Sack. Du bist auf dem Weg in ein neues Land. Wir werden dich nicht vergessen und wünschen dir eine gute Reise."

Der eingenähte Leichnam wurde über die Reling gehoben, fiel mit einem lauten Klatschen ins Wasser und war nach wenigen Sekunden in der Tiefe verschwunden.

Diane liefen Tränen über die Wangen und auch einige der Besatzungsmitglieder wischten sich die Augen. Einige Minuten lang blieben alle still an der Reling stehen, dann kehrten sie wieder an ihre Arbeit zurück.

Unter der Beute der Galeone befanden sich auch frische Lebensmittel und lebendige Schweine und Hühner. Mike konnte nach dem Fraß der letzten Wochen endlich ein mehrgängiges abwechslungsreiches Menu servieren. Dieser Abend war eine Mischung aus Siegesfeier und Leichenschmaus. Die gedrückte Stimmung war verflogen. Fast die vollzählige Mannschaft war in der Messe versammelt und alle unterhielten sich ausgelassen, von allen Seiten hörte man fröhliche Stimmen und Gelächter.

Diane stand noch unter dem Eindruck der Erlebnisse des Vortages, so schnell wie ihre Mannschaftskameraden konnte sie den Horror nicht abschütteln. Sie saß mit Nick, Eon und Will an einem Tisch und im Laufe des Abends übertrug sich ihre gute Stimmung allmählich auch auf sie.

Unter anderem sprachen sie über die zerstörte Galionsfigur.

„Hervé kriegt das wieder hin. Er schnitzt uns eine neue Figur", sagte Eon.

„Ich finde, es sollte wieder ein Einhorn werden. Das fand ich sehr schön", schlug Diane vor.

„Ich weiß schon, du stehst auf Pferde", wandte Nick ein, „ich stehe mehr auf Frauen. Wie wär's mit einer Meerjungfrau mit wallendem Busen?"

Allgemeine Zustimmung.

„Oder mit einem Neptun", fuhr Nick fort, „einem, der John ähnlichsieht, was Diane?" Dabei blickte er sie von der Seite an.

Diane verzichtete auf eine Antwort, spürte aber, dass sie errötete.

Zum Glück wandte sich die Unterhaltung schnell wieder anderen Themen zu. Zu vorgerückter Stunde wurde Nick plötzlich so leise, dass alle sich ihm nah zuwenden mussten, um ihn zu verstehen.

„Als John seinen Spruch aufsagte", flüsterte er, „habe ich Ron gesehen, er stand auf der obersten Rahe und blickte auf uns runter."

„Freihändig?"

„Ja, völlig freihändig, als ob das nichts wäre."

„Das kann nicht sein, Ron hatte doch immer Höhenangst."

„Wenn ich's dir sage! Und als er sah, dass ich zu ihm hochschaute, ist er davongeschwebt."

„Hatte er Flügel?", fragte Will in völliger Ernsthaftigkeit.

„Nein, er ist ohne Flügel geflogen, aber irgendwie hat er geleuchtet."

Erstaunlicherweise stellte keiner der Anwesenden Nicks Erzählung infrage, und auch Diane fand die Vorstellung vom davonschwebenden Ron tröstlich.

Die Abendstunden vergingen rasch und als es acht Glasen schlug, verließen Diane ihre Tischgenossen, um ihre Nachtwache anzutreten. Die Messe hatte sich weitgehend geleert, aber sie saß noch am Tisch und trank gedankenverloren ihr Weinglas leer. Gerade, als sie aufstehen und in ihre Kammer gehen wollte, stand plötzlich John, der mit einigen Leuten an einem der hinteren Tische gesessen hatte, neben ihr.

„Darf ich?", fragte er, und ohne eine Antwort abzuwarten, setzte er sich Diane gegenüber auf den Platz, den vorher Eon eingenommen hatte.

„Wie geht's dir?", erkundigte sich John. Diane spürte, dass es keine Floskel war, sondern dass er sich Sorgen um sie machte.

Sie zögerte einen Augenblick, dann antwortete sie: „Ich weiß nicht so recht, heute Abend war alles wieder so normal und friedlich. Damit kann ich, was ich gestern erlebt habe, nicht zusammenbringen."

„Es muss ein Schock für dich gewesen sein", bemerkte John. Nach einer Pause fügte er hinzu: „Ich nehme an, du bist vergleichsweise behütet aufgewachsen und hast weder Hunger noch Elend erlebt."

Das stimmte. Noch nie in ihrem Leben hatte sie hungern müssen und verglichen mit ihren neuen Erfahrungen auf dem Schiff, war es sogar recht ereignislos und langweilig verlaufen.

„Nein, das ist mir bisher erspart geblieben."

„Vielen der Männer an Bord aber nicht. Die meisten kennen Hunger und bittere Armut, auch Francis und ich. Kannst du dir vorstellen, was es bedeutet, wenn ein Vater zusehen muss, wie seine Familie hungrig ist und in Lumpen gekleidet, weil man es ihm unmöglich macht, sie angemessen zu versorgen?", fuhr John fort. „Einige meiner Männer haben in der Kriegsmarine gedient, freiwillig oder gepresst. Sie waren monatelang von der Heimat getrennt und zu allem Überfluss wurde hinterher die Heuer nicht oder nur teilweise bezahlt. Die Herrschenden eignen sich deine Arbeitskraft und auch dein Leben an und betrügen dich am Ende noch um deinen kargen Lohn. Was ist das anderes als Sklaverei? Im Vergleich zu den Zuständen, die auf den Schiffen der Kriegsmarine herrschen, ist das Leben auf der Ursa das reinste Zuckerschlecken."

Er machte eine Pause, dann fügte er hinzu: „Diane, ich möchte, dass du uns verstehst und uns nicht vorschnell verurteilst. Ich wünsche mir, dass du mich verstehst." Dabei betonte er das Wörtchen ‚mich' und sah Diane eindringlich an.

„Schlaf gut und träume nichts Schlechtes." Damit erhob er sich und kehrte an seinen Tisch zurück.

22. Francis

Nicht nur die Galeone hatte Treffer abbekommen, auch die Ursa war beschädigt. Die Backbordflanke war durchlöchert, zum Glück oberhalb der Wasserlinie, und ein Schuss hatte das Bugspriet mitsamt der Galionsfigur zertrümmert.

Entlang der Bordwände hinter den Beibooten lagerten Ersatzspieren, die Diane bisher noch nicht bemerkt hatte. Während der weiteren Fahrt arbeitete Hervé mit einigen Gehilfen an der Reparatur der Bordwand und des Bugspriets, das nach zwei Tagen bereits wieder voll funktionstüchtig war. Diane bewunderte seine Geschicklichkeit, und zum ersten Mal erlaubte er ihr auch, seine Werkstatt zu besuchen, die sich tief im Bauche des Schiffes befand. Bretter, Balken, Holzteile und unzählige Werkzeuge stapelten sich da, der Boden war übersät mit Spänen und Sägemehl. Aus mehreren Bohlen hatte Hervé einen großen Holzklotz zusammengeleimt, der schon die Form eines Einhorns erraten ließ. Zu ihrer Freude hatte er sich nicht dazu überreden lassen, eine Meerjungfrau zu schnitzen.

„Das Schiff hieß früher Unicorn", erklärte er ihr. „Der Kapitän hat es umbenannt. Das hätte er nicht tun sollen, ein Schiff umzutaufen bringt Unglück."

„Mit einem umgetauften Schiff", konterte Diane „und dazu noch einer Frau an Bord, hätte es eine katastrophale Reise werden müssen, war aber nicht so, oder?"

Hervé brummte nur mürrisch, so einfach ließ er nicht von seinen Vorstellungen ab.

Seitdem Francis verletzt in seiner Kammer lag, besuchte Diane ihn mehrmals täglich, brachte ihm Essen und Trinken und vertrieb ihm die Zeit. Francis war noch sehr blass, setzte sich aber bereits in seinem Bett auf und langweilte sich. Schon lange war seine gute Laune zurückgekehrt und er freute sich jedes Mal, wenn Diane ihm Gesellschaft leistete. Seine Kammer befand sich im selben Gang wie Johns und ihre, sie war kaum größer als ihr Kabuff, enthielt aber ein Möbelstück, das Diane nicht besaß. Es fiel ihr sofort auf, als sie Francis das erste Mal besuchte. Es war ein Bücherregal, in dem sich eine größere Anzahl Bücher befand.

Francis' Arm hing in einer Schlinge. John begutachtete die Wunde regelmäßig und war mit dem Heilungsvorgang zufrieden.

„Der Säbelhieb, den ich abbekommen habe, hat mir den halben Arm abgetrennt. In nächster Zeit ist nichts mit Herumklettern in der Takelage. Zum Glück ist es der Linke, malen kann ich also immer noch."

„Du malst?", fragte Diane erstaunt.

„Ja, Plantura Tuberosa."

Jetzt war Diane fassungslos. „Ist das eine Frau?"

Francis lachte: „Nein, eine Blume. Willst du die Bilder sehen? Sie sind in der Mappe unten im Regal."

Diane holte die Mappe und half Francis, sie auf seiner Bettdecke zu öffnen. Ein Bild nach dem anderen blätterte Francis auf. Sie waren fein gezeichnet und zeigten in allen Details immer dieselbe Blume mit Blüten, die mal größer mal kleiner waren, und in Farben, die von Rosa bis Violett variierten.

„Die Bilder sind wunderschön! Ich wusste gar nicht, dass du so gut malen kannst", bewunderte Diane seine Werke.

Francis glühte vor Eifer, als er ihr die Bilder erläuterte: „Plantura Tuberosa ist eine Pflanze aus der Familie der Schmetterlingsblütler, die überall auf der Welt vorkommt. Zumindest überall, wo ich schon war. Sie wächst auf Wiesen, auf Bergen, an Stränden, überall. Sie ist gewöhnlich und häufig. Was aber an ihr total interessant ist, sind die kleinen Abweichungen. Siehst du die Farben? Es gibt sie in den verschiedensten Abstufungen und das Spannendste ist, ich habe festgestellt, dass die Farbabweichungen nicht zufällig sind. Ich glaube, Blumen sind wie Frauen. Sie wollen gesehen werden und das erreichen sie mit ihrer Farbe. Schau mal, diese eine ist leuchtend rot. Ich habe sie am Hang der Soufrière gefunden, das ist der Vulkan auf St. Vincent, da wo wir wohnen. Dort ist der Boden karg und fast schwarz. Die Blüte ist klein, fällt aber durch ihre Farbe sofort auf. Diese dagegen ist groß und blassrosa, die stammt von einer saftigen Wiese in England. Dort kommt sie in Massen vor und bildet ganze Teppiche. Und die purpurfarbene hier habe ich am Meeresrand auf Jamaica gefunden. Dort wächst Tuberosa ganz vereinzelt, leuchtet aber vor dem gelblichen Hintergrund. Und weißt du, was ich mich bei der ganzen Angelegenheit frage?"

Diane war von seinem Eifer angesteckt. „Was? Erzähl!"

„Die Blumen haben keine Augen, woher wissen sie, welche Farbe am jeweiligen Standort am günstigsten ist? Das ist die große Frage. Ich habe noch keine Antwort drauf, aber ich werde sie finden, da bin ich sicher. Ich zeig dir noch was. Hol mal das Kästchen her."

Diane holte eine kleine Holzschachtel aus dem Regal. Sie war mit einem Dutzend sauber beschrifteter Papiertütchen gefüllt.

„Das sind Samen von Tuberosa. Ich will sie säen und in einer anderen Umgebung als der, aus der sie stammen, einpflanzen. Mal sehen, was dann mit der Farbe geschieht. Ich will sie auch miteinander kreuzen und schauen, was herauskommt. Ich kann es gar nicht erwarten, wieder an Land zu sein, um das alles auszuprobieren."

Francis' blasse Wangen hatten Farbe bekommen. Erstaunt betrachtete Diane ihren Freund. Sie war völlig überrascht, denn so hatte sie ihn noch nicht kennen gelernt. Dass Francis eine Sonderstellung auf dem Schiff hatte, war ihr schon länger aufgefallen. Er war zu keiner Wache eingeteilt, half aber regelmäßig bei der Arbeit mit, wenn Not am Mann war. Er setzte Segel, half in der Messe und schrubbte auch dann und wann das Deck. Aber die strenge Arbeitseinteilung der Matrosen galt für ihn nicht. Anscheinend störte sich auch niemand daran. Diane war der Meinung gewesen, er wäre so etwas wie ein Maskottchen und hatte als Bruder des Kapitäns Sonderrechte. Jetzt aber erschien er ihr in einem ganz anderen Licht. Er war tatsächlich kein Matrose, sondern ein Forscher, der Bücher las, über Botanik Bescheid wusste und naturgetreue Abbildungen der Natur herstellen konnte.

Er, ebenso wie John, war gebildet, das hatte sie schon vor einer Weile bemerkt. Sie konnten lesen und schreiben und drückten sich gewählt aus, im Gegensatz zu einigen Männern der Mannschaft, die selten vollständige Sätze hervorbrachten. Lesen konnten die meisten nicht. Sie hatte sich schon gewundert, dass Fischerjungen auf Aran eine Schule besuchen konnten, das war sogar in England nur einer Minderheit gegönnt.

„Wart du und John auf einer Schule?", fragte sie, nachdem sie in Francis' Büchern geblättert hatte.

„Wo denkst du hin! Eine Schule auf Aran! Das gibt es in hundert Jahren nicht. Außerdem wären wir viel zu arm gewesen, um das Schulgeld zu bezahlen. Nein. Unsere Mutter hat es uns beigebracht. Sie ist die Tochter eines Lehrers aus Galway und kann lesen und schreiben. Zum Üben hat sie uns kleine Geschichten aufgeschrieben und wenn der Pfarrer nicht geguckt hat, haben wir in der Kirche versucht, die Bibel zu entziffern. Die lateinischen Wörter haben wir natürlich nicht verstanden, aber ab und zu stand da ein Name, den wir kannten, und dann haben wir uns gefreut wie die Könige. Meine ersten richtigen Bücher habe ich auf den gekaperten Schiffen entdeckt. Für mich war das der größte Schatz. Darin wurde über alles Mögliche geschrieben, die Seefahrt, fremde Länder und natürlich Botanik. Auch meinen ersten Roman habe ich in Erinnerung: Robinson Crusoe, da konnte ich gar nicht mehr aufhören zu lesen."

„Wie hat es eine Frau wie deine Mutter nach Aran verschlagen?"

„Mein Vater war oft in Galway, um seine Fische auf dem Markt zu verkaufen. Dort haben sie sich wohl kennen gelernt. Als er ertrunken ist, war ich noch sehr jung. Ich kann mich kaum an ihn erinnern, aber von meiner Tante weiß ich, dass er zwar ein rauer Bursche war, aber auch gutaussehend und charmant. Meine Eltern waren sehr verliebt und meine Mutter hat mit ihrer Familie gebrochen und ist meinem Vater auf die Insel gefolgt. Ihr bequemes Leben hat sie für Aran aufgegeben. Das musst du dir vorstellen! Aran ist das ödeste Eiland, dass du dir nur vorstellen kannst: Steine, Steine, Steine, kaum Bäume. Um etwas anzupflanzen, muss man jeden Zentimeter Boden erkämpfen. Aber zwischen den Steinen, und das hat mich schon als Kind fasziniert, wachsen die schönsten Blumen, eine unglaubliche

Vielfalt. Ich habe sie gesammelt und gepresst. Natürlich wusste ich nichts über sie, aber das habe ich nachgeholt, nachdem ich mein erstes Buch über Botanik in den Händen hatte. Solange unser Vater für uns sorgen konnte, war unser Leben auch nicht schlecht. Wir hatten immer genug zu essen und unsere Mutter konnte sich schön kleiden. Nach seinem Tod wurde es jedoch schlimm. Es gab kein Einkommen mehr und John schaffte es nicht, ihn zu ersetzen. Er wurde als angeheuerter Matrose gnadenlos ausgebeutet. Ich kann mich erinnern, dass ich Gras gegessen habe, wie eine Kuh." Francis lachte, aber Diane merkte, wie bitter diese Erfahrung für ihn war.

„Erst als wir zu Freibeutern wurden, ging es wieder bergauf", fuhr Francis fort. „Wir haben ziemlich schnell einen stattlichen Reichtum angesammelt und konnten damit auch unsere Familie aus dem Elend retten." Er machte eine kurze Pause und fuhr dann fort:

„Diese Reise war nicht die erste nach Irland. Wir waren schon ein paarmal dort. Jedes Mal versuchen John und ich, unsere Mutter dazu zu überreden, mit uns nach St. Vincent zu kommen. Aber sie will nicht. Ich glaube, sie will ihrem toten Mann nahe sein, und ihren Enkeln, den Kindern meiner Schwestern. Sie ist eine starke Frau, aber sehr traurig. Auch ich weine jedes Mal, wenn wir wieder davonsegeln. Sie hat mir und John so viel gegeben. Ich glaube, ich schlage ihr in vielem nach. Die Seefahrt ist nicht wirklich mein Ding, die ersten Segeltage bin ich immer gehörig seekrank. Ich stöbere lieber in Büchern und streife durch die Gegend. John aber scheint nach unserem Vater zu kommen. Er kann sich ein Leben ohne Schiff und Meer nicht vorstellen."

Francis erholte sich rasch. Sein linker Arm war zwar nach wie vor unbrauchbar, aber er konnte das Bett verlassen und sich auf dem Schiff bewegen. Diane war ihm bei Verrichtungen wie dem Anziehen und Schuhe Binden behilflich. Ihre Zuneigung dem jungen Mann gegenüber war nach allem, was sie über ihn und John erfahren hatte, noch gewachsen, und Francis war froh, jemanden gefunden zu haben, der Interesse an seinen Pflanzen zeigte. Beide verbrachten Stunden in Johns Kabine am großen Tisch. Gemeinsam blätterten sie Bücher durch und verglichen Bilder und Seekarten.

Vor wenigen Tagen hatte John sie in der Messe eindringlich gebeten, ihn zu verstehen und nicht zu verurteilen. Nach allem, was sie jetzt wusste, fühlte sie sich ihm näher als jemals zuvor. Ihr Weltbild, das bereits nach wenigen Wochen auf See ins Wanken geraten war, hatte sich jetzt drastisch geändert. Ihr war nun klar, die wahren Verbrecher befanden sich nicht auf dem Piratenschiff, sondern da, wo Macht und Geld regierten.

„Francis blüht richtig auf, seitdem er jemanden gefunden hat, der sich für seine Blumen interessiert", sagte John ihr eines Abends an der Reling des Achterdecks.

„Er hat mir nicht nur von seiner Forschung berichtet, sondern auch eure Familiengeschichte erzählt. Ich musste einige meiner Ansichten überdenken."."

„Was hat er dir da nur erzählt?", lachte John.

„Also, ich glaube nicht mehr, dass du ein blutrünstiger, grausamer und brutaler Pirat bist."

„Das trifft sich gut", antwortete John. „Ich glaube nämlich auch nicht mehr, dass du eine überhebliche, arrogante und hochnäsige Aristokratin bist." Er überlegte eine Weile. „So eine Seereise ist anscheinend der perfekte Ort, Vorurteile über Bord zu werfen und hinter den Horizont zu blicken."

Das Lächeln, mit dem er sie dabei ansah, ließ Dianes Herz Sprünge vollführen.

23. Port-au-Prince

Das Schiff näherte sich seinem ersten Ziel, Port-au-Prince auf Hispaniola. Dort sollten vor Antritt des letzten Teils der Reise nach St. Vincent die Beutestücke zu Geld gemacht und neue Vorräte an Bord genommen werden. Unter der Mannschaft machte sich eine freudige Unruhe bemerkbar. Die Ungeduld wurde dadurch verstärkt, dass der Wind nachgelassen hatte und die Ursa Major, zum Glück getragen von einer günstigen Strömung, seit Tagen nur noch träge vorankam. Die Männer malten sich die Genüsse aus, die sie im Hafen erwarteten, wobei nicht wie bei Diane frisches Obst und Gemüse im Vordergrund standen, sondern eher die Mädchen in den Hafenkneipen.

Die Berechnung des Kurses war jetzt viel komplizierter, da bei den vielen Inseln, die sie passierten, die Position sehr genau bestimmt werden musste. Schließlich aber ertönte der lang ersehnte Ruf: „Land in Sicht!"

Alle stürmten an Deck. Am Horizont im Westen war nichts als ein heller Streifen und dahinter ein langgestrecktes Gebirge zu erahnen. Pit war die Wanten hochgeklettert und erforschte den Horizont mit dem Fernrohr. Alle blickten gespannt in seine Richtung und brachen in ein Jubelgeschrei aus, als sie hörten: „Wir haben ins Schwarze getroffen. Es ist Hispaniola!"

Es dauerte noch zwei Tage, bis sie endlich das Cap à Foux umschifft hatten. An Bord hatte sich eine fieberhafte Aktivität breitgemacht. Die Decks wurden auf Hochglanz gebracht und desgleichen taten die Matrosen mit ihrem Äußeren. Bärte und Haare fielen Messer und Schere zum Opfer und eine allgemeine Großwäsche hatte begonnen. In allen Wanten und Stagen flatterten Hemden, Hosen und Strümpfe.

Diane betrachtete das Ganze mit einer gewissen Distanz und Skepsis. Die meisten Männer hatten ihr mit Stoppeln und wirrem Haar besser gefallen als jetzt, wo sie ihr wie frisch geschorene Lämmer erschienen. So manches Gesicht, das früher ein dichter Bart geziert hatte, erschien jetzt zweifarbig: die gebräunte obere und die blassere untere Hälfte, an die bisher kein Sonnenstrahl gedrungen war. Jetzt war sie an der Reihe, sich über manch neu entstandenes Milchgesicht lustig zu machen.

So sehr sie sich auf das Festland gefreut hatte, beschlich sie nun, als sie an der Reling des Vordecks stand und das Land am Horizont wachsen sah, ein beklemmendes Gefühl. Dies war der erste Hafen, den sie anliefen, bis hierher galt ihre Abmachung mit John. Nun musste sie sich entscheiden.

Sie liebte John und wünschte sich nichts sehnlicher, als in seiner Nähe zu sein. Aber wie sollte ihr künftiges Leben an Bord eines Piratenschiffes aussehen? Sie konnte sich nicht vorstellen, aktiv an irgendwelchen Überfällen teilzunehmen, und würde sie es ertragen, ständig mit der Gefahr zu leben und um Johns Sicherheit bangen zu müssen?

Darüber hinaus war sie sich seiner Gefühle keineswegs gewiss. Seit dem Überfall auf die Galeone hatte er sie nicht wieder berührt, und wenn sie sich entsann, was überhaupt zwischen ihnen vorgefallen war, konnte sie nichts weiter anführen, als dass er sie ein- oder zweimal umarmt hatte. Nichts anderes, als ein guter Freund auch getan hätte. Sah er in ihr nur einen Kumpel? Möglicherweise unterstützte sie das dadurch, dass sie Männerkleidung trug und sich nicht wie eine Lady benahm. Andererseits konnte sie sich nicht vorstellen, dass John an dieser Art Weiblichkeit Gefallen fand. Sie selbst jedenfalls mochte sich, wie sie war, und empfand sich nicht als männlich, wenn sie sich betrachtete. Abgesehen von ihrer Kleidung war sie in ihren Bewegungen und ihrer Sprache eine Frau geblieben. Obwohl sie seit neun Wochen unter Männern lebte, hatte sie nie versucht, ihre derbe Art zu imitieren, geschweige denn ihre ordinäre Ausdrucksweise anzunehmen, wie sie manchmal in der Messe zu hören war.

Inzwischen waren Einzelheiten der Insel zu erkennen. Hinter einem hellen Streifen Sandstrand erhoben sich dicht bewachsene dunkelgrüne Hänge, dahinter überragte ein kahles Gebirge die Vegetation. Das Schiff steuerte auf eine schmale Einfahrt zu, hinter der eine Bucht und der Hafen verborgen waren.

Die Bootsmannspfeife ließ sie aus ihren Gedanken hochschrecken. Mr. Byrnes rief die Mannschaft zum Ankermanöver zusammen. Die Männer schienen die Örtlichkeit genau zu kennen, denn zielstrebig durchsegelte die Ursa Major die schmale Öffnung und steuerte den Hafen an, ohne dass ein Matrose die Wassertiefe auslotete.

In der Bucht wehte nur noch ein schwaches Lüftchen. Auf Mr. Byrnes' Kommando wurden die drei verbliebenen Segel gleichzeitig gestrichen. Langsam glitt das Schiff durch das türkisfarbene Wasser, bis ein harter Rudereinschlag den Schwung stoppte. Die Ursa Major stand beinahe, als die Ankertross rasselnd und klatschend durch die Klüse rumpelte und der Anker 300 Meter vom Ufer entfernt ins Wasser fiel.

Diane lehnte an der Reling und betrachtete die Stadt. Die weiß getünchten Häuser zogen sich ein Stück den steilen Berghang hoch und warfen blendend das Sonnenlicht zurück. Menschen waren aus der Entfernung keine zu sehen. Die Stadt schien in der Mittagsglut zu schlafen. Auch an Bord war die Hitze zu spüren. Die Brise, die auf See auch die brennendste Sonne erträglich gemacht hatte, war hier in der Bucht fast erstorben. Das Lüftchen, das von der See her wehte, reichte gerade noch, um die lange rote Flagge, die schlaff vom Masttopp hing, von Zeit zu Zeit träge aufflattern zu lassen.

Zwei weitere Schiffe ankerten in der Bucht. Das eine, ein kleiner Zweimaster mit Gaffelsegeln, war schnittig gebaut, und das andere schien das Ebenbild der Ursa zu sein. Beide hatten die Segel dicht eingeholt und schienen ebenso wie alles andere zu schlafen.

John trat von hinten an sie heran und lehnte sich neben sie an die Reling.

„Das ist also Port-au-Prince, der erste Hafen, den wir anlaufen", sagte er beiläufig.

Diane wusste genau, was er damit meinte. Auch der Blick, mit dem er sie ansah, hatte etwas Dunkles und Schweres und passte nicht zu der freudigen Erregung, die sie unter der Mannschaft festgestellt hatte. Augenblicklich schnürte sich ihre Kehle zu.

„Ein friedliches Bild, nicht wahr?", fuhr John fort: „Aber der Schein trügt. Auf diesem Teil der Insel herrscht ein beinahe rechtloser Zustand, deshalb ist es der ideale Ort, um unsere Beute zu Geld zu machen. Wir sind übrigens nicht die Einzigen im Hafen. Der Schoner dort drüben gehört Enrique Capucci. Es ist das schnellste Boot weit und breit. Er arbeitet im Auftrag der amerikanischen Marine und kapert englische Handelsschiffe. Das sind zwar nur Nadelstiche für die Engländer, ist aber recht einträglich.

Die Fregatte backbords ist die Sea Horse von Philipp Asher, ein ganz übler Bursche, der sich auf Landüberfälle spezialisiert hat. In den Dörfern, die er geplündert hat, bleibt meist kein Lebewesen zurück. Wen er nicht mitnehmen und gegen Lösegeld eintauschen kann, wird niedergemetzelt."

„Du kehrst auch mit reicher Beute zurück", wandte Diane ein und sah ihn forschend an. „Du müsstest doch glücklich sein, nach solch einer erfolgreichen Expedition wieder heimatliche Gefilde zu sehen, aber du wirkst eher bedrückt."

„Du schäumst auch nicht gerade über vor Freude, jetzt wo du deine Freiheit wiedererlangt hast, Diane", sagte er leise.

Ihr Herz begann wild zu schlagen. Jetzt würde er gleich wissen wollen, wie sie sich entschieden hatte. Doch was sollte sie ihm sagen?

In diesem Moment wurden sie von Eon, der Wache hatte, unterbrochen. Er reichte John ein Fernrohr und meldete: „Eine Barkasse nähert sich."

John blickte durch das Glas und brummte: „Es ist der Hafenmeister."

Bald konnte auch Diane die Insassen des Bootes erkennen. Es waren sechs Ruderer, und im Heck stand ein Mann in einer blauen Uniform voller blitzender Knöpfe und Tressen. Er war dunkelhäutig und schwarze Strähnen fielen ihm ins Gesicht. Je näher er jedoch dem Schiff kam, umso weniger prächtig war der Eindruck, den er vermittelte. Seine Uniform war abgeschabt und verschlissen und aus den Hosenbeinen ragten zwei nackte, braune Füße.

Als er nahe genug herangekommen war, rief er etwas auf Spanisch und John antwortete in derselben Sprache.

Während die Barkasse längsseits anlegte, wandte er sich an Diane: „Ich muss jetzt die Modalitäten unserer Verproviantierung regeln. Wir unterhalten uns später." Dann begab er sich mittschiffs, um seinen Besucher zu begrüßen.

Für den Abend bekam die Mannschaft bis auf einige, die Wache halten mussten, Landurlaub. Diane hatte einen Beutel mit Münzen erhalten und machte sich bereit, all die Dinge zu kaufen, die sie auf der langen Reise entbehrt hatte. John hatte ihr dringend abgeraten, allein an Land zu gehen, und Johann abkommandiert, sie zu begleiten. Diane war noch nie in einem fremden Land gewesen und freute sich, diesen zuverlässigen Begleiter dabeizuhaben. Johann seinerseits hatte den Auftrag, Händler zu kontaktieren, die den Laderaum leerkaufen sollten.

„Sie sind auf Piratenbeute spezialisiert", erklärte er gut gelaunt. „Sie bekommen die Ware zum halben Wert oder noch weniger, und wir müssen uns nicht weiter um den Verkauf kümmern."

Es war noch heller Tag, als das erste Beiboot der Ursa ablegte, besetzt mit den Ungeduldigsten, die es überhaupt nicht mehr erwarten konnten, die Hafenkneipen zu besuchen.

Am Pier trennte man sich. Die Männer schlugen den Weg zu den einschlägigen Gassen ein, während Johann und Diane in die andere Richtung marschierten.

Die Sonne stand tief und die allergrößte Mittagshitze hatte nachgelassen. Die weißen Mauern der Häuser aber strahlten die gespeicherte Wärme ab, sodass Diane schnell ins Schwitzen kam. Außerdem fühlte sich der feste Boden nach den vielen Wochen auf See ungewohnt an. Es war ihr, als würde der Untergrund schwanken und ihr Gang war anfangs noch etwas unsicher.

Die Stadt, die vom Schiff aus wie ausgestorben ausgesehen hatte, entpuppte sich zu dieser Tageszeit als ein buntes Gewirr von Menschen, wie sie es in ihrem Leben noch nie gesehen hatte. Ihre Befürchtung, als Frau in Männerkleidung aufzufallen, erwies sich als ziemlich grundlos. Die Gestalten, denen sie auf

Schritt und Tritt begegneten, waren weitaus pittoresker als sie selbst. Sie sah Seeleute aller Art, die teilweise ihren eroberten Reichtum zur Schau trugen: Säbel mit goldenen Griffen, Teile von Kapitänsuniformen und Schmuck jeglicher Form.

„Das sind die", erklärte Johann, „die nach einer Woche keinen Centavo mehr besitzen und dann gezwungen sind, bei irgendeinem Freibeuter anzuheuern, um die gleichen zweifelhaften Reichtümer neu zu erkämpfen."

Sie begegneten auch Männern, die mit verschlossenen Mienen durch die Straßen streiften und eine Angriffslust ausstrahlten, die fast körperlich spürbar war. Diane nahm sich in Acht, ihnen nicht in die Augen zu schauen, sondern sich unauffällig und schnell an ihnen vorbeizudrücken. Viele von ihnen waren bis auf die Zähne bewaffnet, hatten Säbel und lange Messer umgeschnallt und ein oder zwei Pistolen in den Gürtel gesteckt.

Auch die Einheimischen hatten anscheinend alle ihre Häuser verlassen. Sie waren an ihrer dunklen Hautfarbe zu erkennen und daran, dass sie meist unbewaffnet waren. Unter ihnen waren auch viele Frauen, die sich sicher und selbstbewusst ihren Weg durch die Gassen bahnten. Diane fiel auf, dass sie entweder jung und meist sehr schön waren oder wie Greisinnen aussahen. Das mittlere Alter schien völlig zu fehlen. Die vorherrschende Sprache, die sie in dem Gewirr vernahm, war Spanisch, aber auch Englisch und sogar ein seltsames Französisch waren zu hören.

Schließlich hatten sie den Markt erreicht und Diane brach in Entzücken aus, als sie die vielen exotischen Früchte sah. Orangen, Bananen, Ananas und Zitronen und vieles mehr, das sie nur von Bildern kannte, so viele Sorten, dass sie nicht einmal von allen probieren konnte. Sie und Johann setzten sich auf ein Mäuerchen und stillten zuallererst ihren Hunger auf frisches Obst.

Diane musste sich zusammenreißen, nicht in einen Kaufrausch zu geraten. Sie hatte mehr Geld zur Verfügung, als sie ausgeben konnte, und gewöhnte sich schnell an die Währung und Sprache, ein seltsames Gemisch von englischen, spanischen und französischen Brocken, Händen und Füßen. Johann hatte ihr einen Schneider und einen Schuster gezeigt und sie dann allein gelassen, während er die Händler aufsuchte, die er kannte. Das Wichtigste waren Kleidung und Toilettenartikel. Sie bestellte Hosen, Hemden, Schuhe, Gürtel, aber auch eines der leichten bunt bedruckten Baumwollkleider, wie sie die einheimischen Frauen trugen. Der Schneider nahm Maß und versprach, die Ware ans Schiff zu liefern.

Sie hatte sich inzwischen zwar an das Fehlen von Ölen und Cremes gewöhnt, aber sie war glücklich, sich diesen kleinen Luxus wieder gönnen zu können. Als Ersatz für Francis' Scherbe wählte sie unter mehreren Handspiegeln den schönsten aus. Als sie ihr eigenes Bildnis betrachtete, fiel ihr Blick auf Johns goldenes Kettchen, und schlagartig wurde sie sich ihres Dilemmas wieder bewusst, und ihr Herz wurde schwer.

Schließlich traf sie wieder mit Johann zusammen und half ihm, Geschenke für seine Frau auszusuchen, die mit seinen beiden Söhnchen auf St. Vincent auf ihn wartete. So wurde sie wieder von ihren Gedanken abgelenkt.

Als sie schließlich so voll bepackt waren, dass sie ihre Einkäufe kaum noch tragen konnten, hielt Johann einen Träger an, übergab ihm die ganze Last und nannte den Namen des Schiffes, wo er sie abliefern sollte.

„Woher willst du wissen, dass er die Sachen nicht für sich behält?", fragte Diane besorgt.

„Da brauchst du keine Angst zu haben", antwortete Johann, „sobald er das Zeug abgeliefert hat, bekommt er sein Geld, und das ist ihm mehr wert als der Plunder, den wir eingekauft haben."

Nun führte Johann sie in eine Gaststätte, wo sie ein gebratenes Hähnchen bestellten. Noch nie in ihrem Leben hatte ihr ein Essen so gut geschmeckt, wie dieses scharf gewürzte Fleisch.

„Warst du bei deinen Geschäften erfolgreich?", fragte Diane nach den ersten Bissen und wischte ihre fettigen Hände am Tischtuch ab.

„Das wird sich morgen zeigen. Ich habe den Händlern eine Liste unserer Waren gegeben. Sie werden an Bord kommen, und dann beginnt die Feilscherei."

„Wie wird eigentlich der Ertrag bei euch aufgeteilt?", fragte Diane vorsichtig. Sie wollte auf keinen Fall geldgierig erscheinen, doch für die Planung ihrer Zukunft musste sie ungefähr wissen, wieviel sie erwarten konnte.

Johann nahm ihr die Frage überhaupt nicht übel. Er schien sie vielmehr für völlig legitim zu halten.

„Da gibt es einen Aufteilungsschlüssel. Mannschaft und Offiziere, das heißt 33 zu zehn machen halbe-halbe. Vom Anteil der Offiziere bekommt der Schiffseigener, also John, noch einmal einen größeren Brocken. Wie es allerdings mit dir aussieht, ist noch nicht ganz klar. Du gehörst zur Mannschaft, warst aber nicht die ganze Fahrt dabei. Wir werden das noch diskutieren müssen. Ich schätze den Wert unserer Beute auf mindestens 10 000 Pfund, eher Richtung 15 000. Das heißt, auch im ungünstigsten Fall hast du fürs erste ausgesorgt", fügte er hinzu und lächelte ihr aufmunternd zu.

Diane hatte noch nie eigenes Geld besessen. Ihr wurde erst jetzt richtig klar, was John damit meinte, dass Geld Unabhängigkeit bescherte.

Als sie ihr Mahl beendet hatten, war es bereits seit einer ganzen Weile dunkel. Johann fragte sie, ob sie Lust hätte, eine der Hafenkneipen kennenzulernen. Diane hatte eigentlich nicht vorgehabt, diese Lasterhöhlen von innen zu besichtigen, andererseits aber war sie neugierig, und Johanns Gesellschaft machte ihr Mut. So stimmte sie zu.

Johann kannte sich in der Stadt bestens aus und steuerte zielstrebig durch die Gassen, bis sie vor einer Wirtschaft mit dem sinnigen Namen ‚Der Engel' standen. Schon draußen waren Stimmen und nicht allzu harmonische Fetzen von Liedern zu hören. Johann öffnete die Tür und betrat vor ihr das Lokal.

Der Raum lag in schummrigem Licht, nur von einigen Öllampen erhellt, die die Luft, die bereits zum Schneiden dick und verräuchert war, nicht verbesserten. An allen Tischen saßen oder standen Männer. Einige von ihnen entsprachen genau ihrer ursprünglichen Vorstellung von Piraten. Es waren aber auch Jungen darunter, denen gerade der erste Flaum die Oberlippe zierte.

Diane war erstaunt, auch Frauen anzutreffen, schwarze, braune, weiße, junge und alte, die sich in der Hafenkneipe mit einer Selbstverständlichkeit bewegten, als wäre es ihr Wohnzimmer. Kaum hatten sie und ihr Begleiter den Gastraum betreten, erklangen aus einer Ecke Willkommensrufe. An einem langen Tisch saßen etwa zehn Mann der Ursa Major, von denen einige bereits Frauen an Land, bzw. auf ihren Schoß, gezogen hatten. Auch Francis saß da und unterhielt sich höflich und leicht errötet mit einer jungen Dame. Diane wurde freudig begrüßt und der Runde stolz vorgestellt: „Das ist Diane, unser Navigator." Diane traute ihren Ohren nicht, ausgerechnet diejenigen, die hartnäckig an der Aussprache *Daiana* ebenso wie an ihrer Unfähigkeit, als Frau zu navigieren, festgehalten hatten, vollzogen plötzlich eine völlige Kehrtwende. Ehe sie sich versah, saß sie inmitten der Runde mit einem Krug Wein in der Hand und stieß mit ihren Kameraden an. Die Männer waren ausgelassen und freuten sich sichtbar ihres Lebens. Diane wurde bald von der fröhlichen Stimmung angesteckt. Sie sparte nicht mit dem Wein, lachte mit ihren Kameraden und fühlte sich wohl in der Gesellschaft dieser Männer, die sie trotz aller Auseinandersetzungen mochte, und die sich offensichtlich auch über ihre Anwesenheit freuten.

Obwohl sie bei weitem nicht die einzige Frau im Lokal war, merkte sie, dass sie die Blicke einiger Anwesender auf sich zog. Die Nachricht, die Ursa Major sei mit einer Frau in der Mannschaft angekommen, hatte sich offenbar blitzschnell verbreitet, und je länger Diane sich dieser Aufmerksamkeit ausgesetzt fühlte, umso störender empfand sie sie. Einige der Gäste prosteten ihr zwar freundlich zu, andere jedoch starrten sie mit, wie es ihr schien, unverschämten Blicken an.

Ein Mann näherte sich dem Tisch. Er war bartlos, hatte blondes Haar und sehr helle, ruhelose und etwas schräg gestellte Augen, die sie an ein Wiesel erinnerten. Er baute sich neben ihr auf und sagte in einem Ton, der seine Hintergedanken nur allzu deutlich offenbarte: „Da hat sich Cunningham aber ein hübsches Fischlein an Land gezogen." Er streckte seine Hand aus und griff ihr ans Kinn, um ihr Gesicht herumzudrehen.

„Fass mich nicht an", fauchte Diane und zog ihren Kopf zurück. Schon waren neben ihr fünf Männer aufgesprungen. Eon war am schnellsten und packte das Wiesel am Kragen. Aus einer anderen Ecke des Raumes ertönte Poltern und mehrere Männer stürzten mit der Absicht herbei, dem Fremden beizustehen. Diane verging Hören und Sehen. Um sie herum fielen Stühle, Becher und Krüge um und sie war umringt von kämpfenden Leibern.

Johann packte sie am Arm und zog sie aus dem Gewühl nach draußen. „Ich glaube, der gemütliche Teil des Abends ist vorbei. Ich bring dich zum Schiff."

Diane stand noch halb unter Schock, aber Johann beruhigte sie: „Mach dir nichts draus. Schlägereien sind um diese Zeit gang und gäbe. Das gehört dazu, wie der Rum und die Mädchen." Freundschaftlich legte er seinen Arm um ihre Schultern und führte sie das kurze Stück zum Pier hinunter. Dort warteten mehrere kleine Boote darauf, den Fährdienst zu den ankernden Schiffen zu übernehmen. Johann half Diane in eines der Boote, gab dem Steuermann eine Münze und wies ihn an, sie zur Ursa Major zu bringen.

„Ich muss noch einmal zurück, den Kameraden meine Fäuste leihen, falls nötig", sagte er und seine Stimme drückte eine Vorfreude aus, die Diane bei ihm nie für möglich gehalten hätte.

Der Fährmann legte ab und nach wenigen Minuten erhob sich der schwarze Schatten des Schiffes vor ihnen. Alles war ruhig. Als der Spanier etwas rief, erschienen sofort zwei Köpfe über der Reling. Das Fallreep wurde heruntergelassen und Liam und Tony, die Wache hatten, halfen ihr an Bord.

„Du bist aber früh dran", meinte Tony, „wir erwarten die Mannschaft nicht vorm Morgengrauen. Haben wir etwas versäumt?"

„Das kann man wohl sagen", brummte Diane, „ich bin gegangen, als es am schönsten war, mitten während einer wunderbaren Schlägerei."

Sie war enttäuscht, weil der Abend so gut angefangen hatte und vor allem weil offensichtlich keiner der Männer ihre Abneigung gegen Gewalt teilte.

Auf dem Weg zu ihrer Kammer begegnete ihr John. „Schon zurück?", fragte er.

Von ihm jetzt auch noch eine spöttische Bemerkung zu hören, wäre mehr gewesen, als sie im Moment zu ertragen vermochte, und sie antwortete gereizt: „Ja, obwohl der Abend jetzt erst zu einer wunderschönen gelungenen Veranstaltung wird, wie du ja morgen selbst an den blauen Augen deiner Mannschaft feststellen wirst."

Sie hörte noch Johns amüsiertes Lachen, bevor sie die Tür zu ihrer Kammer hinter sich zuschlug.

24. Der kleine Vogel

Am nächsten Morgen wurde die ganze Mannschaft kurz nach Sonnenaufgang an Deck gerufen. Kein Mann fehlte. Einige sahen weniger frisch aus als sonst, aber keinem wäre es in den Sinn gekommen, wegen einer anstrengenden Nacht den Dienst am nächsten Morgen nicht anzutreten.

Wie Diane es prophezeit hatte, waren einige Gesichter mit Blutergüssen, Veilchen und Kratzern geziert. Eon begrüßte sie freudig und bedauerte ehrlich, dass sie so früh gegangen war. Sein breites Grinsen entblößte zwei Vorderzähne im Oberkiefer anstatt der früher vorhandenen drei.

An Deck herrschte ein buntes Durcheinander. Vorräte lagerten mittschiffs und Händler transportierten Teile der Beute ab. Es war ein Gefeilsche und Palaver. Mike überwachte die Anlieferung der Lebensmittel und Johann war für das Finanzielle zuständig. Seine Geldkassette füllte sich zusehends mit Kupfer-, Silber- und Goldmünzen.

Diane war einer Gruppe zugewiesen, die die Wasserfässer auffüllen sollte. Zu acht ruderten sie um ein Kap, dann die Küste entlang, bis sie an einen Wasserlauf kamen, dessen klare Fluten in das Meer strömten. Es war genau die Art von Bach, von der sie schon wochenlang geträumt hatte, und bevor sie mit der Arbeit begannen, badeten alle erstmal darin. Diane ging ein Stück flussaufwärts außer Sichtweite der Männer, zog ihre Kleider aus und ließ genüsslich diese verschwenderische Menge von kaltem, kristallklarem Süßwasser an ihrem Körper vorbeiströmen. Sie spülte ihre Kleider aus und zog sie triefend nass an, sodass sie zuerst fröstelte. Aber die Sonne, die hier selbst im Oktober sengend vom Himmel schien, trocknete sie schnell.

Als sie zu den Matrosen zurückkehrte, hatten diese bereits mit der Arbeit begonnen und waren dabei, das erste der zwei mitgebrachten Fässer zu schrubben. Sie standen hüfttief in voller Kleidung im Wasser. Einige, die wahrscheinlich erst im Morgengrauen an Bord zurückgekehrt waren, tauchten verdächtig oft den Kopf in die kühlen Fluten und tranken mindestens genauso viel, wie sie in den Tank füllten. Jeder davon fasste 100 Liter. Um die zehn vorgesehenen Füllungen an Bord zu bringen, mussten sie fünfmal hin- und herfahren. Außer beim Schrubben und beim Anfüllen der Behälter konnte Diane nur wenig helfen, sodass sie einen angenehmen und nicht zu mühsamen Arbeitstag hatte.

Als sie mit den beiden ersten vollen Fässern zum Schiff zurückkehrten, herrschte dort nach wie vor eine betriebsame Aktivität. Die Bucht schien übersät mit kleinen und größeren Gefährten, die beladen mit Kisten und Körben voller Fleisch, Früchten, Gemüse, Mehl, Reis und Gewürzen zielstrebig auf die Ursa zu ruderten. Die Matrosen schleppten den ganzen Proviant ins unterste Deck und verstauten ihn im Bauch des Schiffes. Sie waren schweißnass und stöhnten unter der Hitze.

Diane eilte in ihre Kammer und packte ihre frisch gekauften Seifen, Cremes, ihre Haarbürste und ihren Spiegel zusammen. Da sie beim Verladen der Fässer ohnehin nicht helfen konnte, blieb sie während der nächsten Fuhren am Bach und wartete dort auf die Rückkehr der Männer. Endlich konnte sie ihre Haare, die sie an Bord immer zu einem Pferdeschwanz gebunden getragen hatte, gründlich mit weichem Süßwasser waschen. Anschließend setzte sie sich auf einen großen flachen Stein, hängte die Füße in die schwache Strömung, ließ sich von der Sonne und dem leichten Wind trocknen und genoss die Einsamkeit. Über zwei Monate hatte sie mit 43 Mann auf engem Raum zusammengelebt. Schiffe dieser Größe brachten zwar über 200 Seeleute in ihren Decks unter, aber selbst bei der kleinen Besatzung gab es außer ihrer winzigen Kammer keinen Ort, an dem sie sich wirklich allein und unbeobachtet fühlen konnte. Nun lauschte sie Geräuschen, die sie schon fast vergessen hatte: das leise Plätschern des Baches, das Rauschen der Brise im Geäst, das Kreischen unbekannter Vögel, das Summen von Insekten und das Rascheln kleiner Tiere im trockenen Gras.

Etwa alle zwei Stunden kehrten die Männer schweißgebadet mit zwei Fässern zurück, stürzten sich ins Wasser und überließen Diane das Reinigen der Behälter, während sie sich im Schatten ausruhten. Am späten Nachmittag, als die Sonne schon tief über dem Horizont stand, kehrten sie mit der letzten Ladung zum Schiff zurück. Dort war inzwischen Ruhe eingekehrt und die Bucht lag wieder still da, leergefegt von den Scharen kleiner Boote.

Einige der Matrosen badeten um die Ursa herum, während andere, die nicht schwimmen konnten, sich kübelweise Meerwasser über den Kopf gossen.

Die ganz Eifrigen hatten sich inzwischen schon wieder landfein gemacht und stolzierten in ihren schönsten spitzenverzierten Hemden mit polierten Schuhschnallen und frisch rasiert an Deck herum. Unter ihnen war auch Eon, und Diane fragte sich, warum er eigentlich seine widerspenstigen, rotblonden Haare mühsam mit Hilfe von Wasser links und rechts eines akkurat gezogenen Scheitels flachstriegelte, wenn sein größtes Vergnügen an Land die Teilnahme an Schlägereien war. Auf jeden Fall war sie fest entschlossen, den Abend an Bord zu verbringen.

Bald darauf gab es ein gemeinsames Abendessen für alle. Während der Hitze des Tages hatte niemand ernsthaften Hunger verspürt. Mike, der nun wieder frische Zutaten in großen Mengen zur Verfügung hatte, übertraf sich selbst und servierte eine fürstliche Speisefolge auf den Tisch.

Die Männer an Dianes Tisch sprachen über kein anderes Thema als den Landgang und schlossen sie ganz selbstverständlich in ihre Planung ein. Als sie vermeldete, sie habe nicht die Absicht, mitzukommen, traf sie zuerst auf fassungsloses Unverständnis. Dann begannen die Matrosen, auf sie einzureden, schwuren, sich anständig zu benehmen und keine Schlägerei anzuzetteln, bis sie ihren Widerstand aufgab und versprach mitzugehen. Johann gab ihr noch den guten Rat, sich wie alle anderen auch fein zu machen, da das die Vorfreude erhöhe und außerdem sei heute doch ein hübsches Kleid geliefert worden.

Als die anderen das hörten, ließen sie nicht locker, bis Diane in ihre Kammer ging, um sich umzuziehen.

Als sie das Kleid übergestreift hatte, das sich wie ein weiches Tuch um ihren Körper schmiegte und bis zu den Knöcheln reichte, begann auch sie Spaß an der Sache zu haben. Ihr Haar ließ sich nun endlich wieder kämmen und glänzte im Licht der Lampe. Sie trug es offen, es fiel ihr weich und leicht gelockt bis über die Schultern. Unauffällig zog sie mit einem schwarzen Stift Augenbrauen und Wimpern nach. Aus dem Spiegel blickte ihr nicht das blässliche Schönheitsideal ihres früheren Lebens entgegen, sondern eine Kreolin der Karibik mit gebräunter Haut, fast schwarzen Haaren und strahlenden braunen Augen. Ihren Halsausschnitt zierte ein einziges Schmuckstück, das Goldkettchen.

Ihre Toilette hatte nicht lange gedauert, und als sie an Deck zurückkehrte, warteten ihre Tischgenossen bereits. Als sie aus dem Niedergang auftauchte, wandten sich ihr zehn Augenpaare zu. Es folgte erstauntes Schweigen. Nach einer Weile ertönten Pfiffe der Bewunderung.

„Heute müssen wir aber sehr auf dich aufpassen", bemerkte Nick. Diane erblickte aus den Augenwinkeln, dass John am Achterdeckgeländer lehnte und sie ansah. Sie zwang sich, nicht hinüberzuschauen. Das Beiboot wurde bereits zu Wasser gelassen und als es ablegte, war es fast dunkel. Im Westen zeigte der Himmel noch eine letzte Spur von Helligkeit und leuchtete tiefblau, während im Zenit die ersten Sterne funkelten.

Das Ziel war auch diesmal Der ‚Engel', der das Stammlokal der Mannschaft zu sein schien.

Zu dieser frühen Abendstunde war die Kneipe nur halb voll und die Luft war noch nicht rauchgeschwängert. Kaum hatten sie an einem Tisch Platz genommen, gesellten sich zwei einheimische Mädchen zu ihnen, was auch die Eile einiger Männer erklärte, die hier offenbar schon engere Kontakte geknüpft hatten. Die Mädchen schienen noch sehr jung, waren von einer exotischen Schönheit und das ordinäre Gehabe, das Diane bei Huren immer angenommen hatte, fehlte ihnen völlig. Die Männer gingen respektvoll mit ihnen um, und obwohl die Kommunikation schwierig war, da die Frauen nur Spanisch sprachen, schienen sie glücklich zu sein, nach monatelanger Entbehrung, endlich wieder einen weichen Frauenkörper im Arm zu halten.

Allmählich füllte sich das Lokal und die Stimmung hob sich. Zu ihnen hatten sich einige befreundete Seeleute anderer Schiffe gesellt, und die Männer tauschten ihre Erlebnisse aus, wobei die Erzähler jedes Mal als die absoluten Helden dastanden.

Diane spürte die Neugier, was ihre Person betraf. Die fremden Matrosen waren sich unsicher, wie sie ihr begegnen sollten. Sie wagten nicht, sie in die gewohnte Kategorie ‚Frau' zu stecken, und so gingen sie allmählich dazu über, dem Beispiel der Ursa-Männer zu folgen und sie als ihresgleichen zu behandeln. Es wurde wieder viel geprostet, angestoßen und auf Brüderschaft getrunken, und nachdem Diane nach einigen ängstlichen Blicken in die Runde festgestellt hatte, dass weder das Wiesel vom Vorabend anwesend war noch ein einziger der Gäste sie anstarrte, ließ sie sich von der guten Stimmung anstecken. Sie hörte ihren Geschichten zu und bewunderte ironisch die großartigen Kerle, die sie umgaben.

Nach etwa einer Stunde betrat die zweite Fuhre der Ursa das Lokal. Diane bemerkte sofort, dass John unter ihnen war. Ein Stich fuhr ihr durchs Herz und ein seltsames Gefühl der Fremdheit überkam sie, nachdem sie Wochen in seiner unmittelbaren Nähe verbracht hatte. Aber hier, in der neuen Umgebung erschien es ihr, als hätte sie ihn seit Ewigkeiten nicht gesehen, und als stünde er nun völlig überraschend vor ihr. Am Tisch war noch Platz, und die Neuankömmlinge wurden freudig herbei gewunken. John saß am anderen Ende des Tisches, zur Begrüßung lächelte er ihr zu, und wieder durchzuckte ein Blitzschlag ihr Herz. Seine Erscheinung wirkte in diesem lauten, verräucherten Lokal strahlend, jung und kraftvoll auf sie, sodass sie ständig verstohlen zu ihm hinüberschielen musste.

Kaum hatte er Platz genommen, wurde er von einigen anwesenden Männern begrüßt, die zum Teil ihre Stühle nahmen und sich zu ihm setzten und offenbar auf einen Bericht über seine Expedition in die Alte Welt neugierig waren.

Weitere Interessenten nahmen seine Anwesenheit erfreut wahr, und das versetzte Diane einen neuen Stich, diesmal in der Galle. Die Frauen umschwirrten, wie es ihr schien, seinen Platz, begrüßten ihn überschwänglich auf Spanisch und er antwortete ihnen freundlich in derselben Sprache. Dass sie kein Spanisch verstand, giftete Diane dabei besonders und sie zwang sich, ihre Blicke abzuwenden und sich verstärkt ihren Nachbarn zu widmen, die ihre Abgelenktheit anscheinend nicht bemerkt hatten und fröhlich weiterschwatzten. Allmählich bekam sie sich wieder in den Griff, plauderte und scherzte mit den fremden Seeleuten, in ihrem Herzen aber wusste sie, dass ihr Lachen nicht echt war. John hatte sich inzwischen wieder der Tischrunde zugewandt, unterhielt sich, trank mit seinen Bekannten und schien sich wohlzufühlen. Ihre Blicke begegneten sich dann und wann und Dianes Kehle schnürte sich mit einer wachsenden Unruhe zu.

Im Raum wurde es zunehmend lauter und ununterbrochen strömten neue Gäste herein, von denen einige bereits betrunken waren, sodass man sie durch das ganze Lokal hörte. Als sie nach einer Weile zu Johns Platz hinüberblickte, sah sie voller Entsetzen, dass sein Stuhl leer war. Sie warf einen Blick in die Runde und konnte ihn nirgends entdecken. Sie dachte schon, er wäre gegangen, ohne sich von ihr zu verabschieden, da hörte sie hinter sich seine Stimme: „Komm, Diane, wir gehen."

Sie blickte zu ihm hoch und ganz automatisch, als wäre ihr eigener Wille gar nicht im Spiel, erhob sie sich und folgte ihm. Beim Hinausgehen hörte sie noch Nicks spöttische Stimme hinter sich: „Wollten wir nicht auf sie aufpassen?" Gelächter, dann fiel die Tür zu und Stille umfing sie.

John schlug nicht den Weg hinunter zum Hafen ein, sondern wandte sich nach rechts, wo eine schmale Gasse zwischen den Häusern leicht anstieg. Schweigend gingen sie nebeneinander. Diane sog tief die milde Abendluft ein. Immer seltener begegneten ihnen Menschen, allmählich lichteten sich auch die Häuser und schließlich hatten sie die Stadt hinter sich gelassen. Die Straße war in einen steilen, ziemlich steinigen Weg übergegangen, der nur durch das schwache Licht des zunehmenden

Mondes erhellt war. John hatte ihre Hand genommen und achtete darauf, dass sie nicht stolperte. Sie wusste, dass er vorhatte, das Gespräch, das durch den Hafenmeister unterbrochen worden war, fortzusetzen, und ihr Herz schlug wie wild, hin- und hergerissen zwischen Angst und freudiger Erwartung.

Der Weg führte immer noch leicht ansteigend durch ein Wäldchen harzig duftender Kiefern in weitem Bogen um die Bucht herum.

Sie waren etwa eine halbe Stunde schweigend gegangen, als sich die Bäume vor ihnen auftaten und den Sternenhimmel freigaben. Nun standen sie auf einer kahlen Hochfläche, die den Blick auf die Bucht freigab, in deren Mitte man den Schatten der Ursa Major erahnen konnte. Sie verließen den Weg und stapften ein Stück durch das hohe, trockene Gras, bis zu einer Stelle, wo der Hang sich neigte und steil zum Meer abzufallen begann.

John setzte sich auf das weiche, strohig verfilzte Gras. Er zog Diane an der Hand zu sich hinunter und nun saßen sie an eine Böschung gelehnt nebeneinander, zum ersten Mal wirklich allein. Noch immer sprach keiner der beiden ein Wort. John hatte sich zurückgelehnt und blickte gedankenverloren nach oben. Die Luft war so klar, dass der Himmel grau war von Sternen, die Milchstraße war deutlich zu erkennen, und der Mond stand rötlich dicht über dem westlichen Horizont und störte mit seinem Licht nicht die schwache Helligkeit der Sterne. Da sie sich auch mit der Navigation bei Nacht auskannte, war Diane der Himmel mit seinen Sternbildern vertraut. Hier in Äquatornähe waren sie anders verteilt, als sie es von England kannte. Orion, der in nördlichen Breitengraden knapp über dem Horizont im Winter alles dominierte, stand hier fast im Zenit und wirkte klein und zierlich. Sirius, der hellste Stern aber leuchtete wie überall auf der Welt strahlend und hell. Ab und zu schoss eine Sternschnuppe hernieder und hinterließ ihre feurige Spur.

Hier oben, hoch über der Bucht, wehte eine schwache Meeresbrise und der herbe Geruch von Salzwasser und Tang mischte sich mit dem Duft der umgebenden Kräuter. Vom nahegelegenen Wald ertönte das Zirpen der Zikaden. Noch nie hatte Diane eine so schöne Nacht erlebt. Sie dachte an die Herbstabende in England mit ihrem kalten Regen, dem schneidenden Wind und den aufgeweichten Straßen. Plötzlich lag ihr Weg klar und deutlich vor ihr. Alle Zweifel waren verschwunden und sie wusste, was sie schon seit Tagen, vielleicht Wochen kompromisslos wollte. Die Zeit des ängstlichen Zögerns und Bedenkens war vorbei.

Als John anfing, sprach er sehr leise, als spräche er zu sich selbst: „Die Sterne, sie begleiten uns um die ganze Welt und weisen uns den Weg durch unbekannte Gewässer. Ich kenne sie alle, jeden einzelnen von ihnen. Oft stehe ich nachts an Deck und wünsche mir, sie würden mir den Weg durch das Leben ebenso klar zeigen wie durch die Meere, und mir Antworten geben." Er machte eine Pause. „Aber in Wirklichkeit kommt die Antwort nicht von den Sternen, sondern vom Herzen."

Nun richtete er sich auf, wandte sich ihr zu und stellte die Frage, vor der ihm offenbar genauso bange war, wie bis vor kurzem ihr auch selbst. „Du hast sicher schon lange über deinen weiteren Weg entschieden."

Leise antwortete Diane: „Meine Sterne weisen mir einen einzigen Weg, den Weg an deiner Seite. Ich möchte dich nie wieder verlassen."

John atmete hörbar aus. Er beugte sich über sie und streichelte zärtlich ihre Wange. „Diane, ich kann nicht ausdrücken, wie sehr ich mich über deine Entscheidung freue. Ich habe es nicht sofort verstanden, aber schon gleich zu Beginn, als du vom Schiff fliehen wolltest, habe ich gespürt, dass da etwas in mir ist, das dich auf keinen Fall gehen lassen will."

Sie hob ihre Arme und zog ihn zu sich her. Ihre Lippen berührten sich sanft und weich, um schließlich in einem langen, wilden Kuss die Sehnsucht vieler Wochen zu erfüllen. Vor Glück stiegen ihr Tränen in die Augen. Sie hielt ihn fest umschlungen und die Wärme seines kraftvollen Körpers durchdrang sie. Sie spürte seine starken Arme, die sie fest an sich drückten.

Sie küssten sich wieder und wieder, so viel hatten sie nachzuholen, bis sie schließlich entspannt nebeneinander lagen, sein Arm um ihre Schultern, ihr Kopf auf seiner Brust.

Das Klopfen seines Herzens an ihrem Ohr beruhigte sich allmählich. Er stützte sich auf und streichelte mit seiner freien Hand ihr Haar und umfing ihren Körper, bis er sie völlig überragte. „Ich glaube, vor einigen Wochen habe ich gesagt, du gehörst mir. So einfach ist es nicht. DU musst sagen, wir gehören zusammen."

„Der kleine Vogel hat den Käfig verlassen. Er sitzt auf deiner Hand, freiwillig."

John verstand das Bild nicht ganz. Diane fuhr fort: „In meinem bisherigen Leben war ich immerfort in einem Käfig gefangen. Erst bei George, dann auf deinem Schiff. Dort bin ich durch eine harte Schule gegangen. Jetzt hast du die Tür geöffnet und ich fliege nicht davon."

„Ich habe dich auf dieser Fahrt beobachtet und habe gesehen, wie die Lady sich zu einem Seemann entwickelt hat. Es war anscheinend nicht nur der Zwang. Ich glaube, du wolltest das."

„Seefrau...", unterbrach Diane ihn.

„Seefrau?", lachte John. „Ich finde, das klingt etwas zu sehr nach Meerjungfrau. Einigen wir uns auf ‚Matrosin'?"

Und nach einer Pause: „Matrosin, Navigatorin ... Ich habe den Eindruck, ich muss mich an diese seltsamen Wortschöpfungen gewöhnen, aber ‚Kapitänin'? Das wird es nicht geben, da sorge ich dafür."

Dianes herausforderndes Lächeln bei diesen Worten ließ ihn nichts Gutes ahnen, aber gleichzeitig wusste er, dass er sie gerade deshalb liebte.

Er fuhr fort: „Es hat eine Weile gedauert, bis ich verstanden habe, wer du wirklich bist. Ich war wohl etwas schwer von Begriff. Aber als du bei dem Sturm beinahe über Bord gegangen wärst, dachte ich, mein Herz würde stehenbleiben."

Er verbarg sein Gesicht in ihrem Hals und ihrem Haar. Sie legte ihre Arme um seine Schultern und drückte ihn fest an sich. Sein Gewicht lastete jetzt auf ihr und sie fühlte sich unter dieser Last wohl und geborgen. Mit unendlicher Zärtlichkeit zog er sie schließlich hoch und hielt sie fest. Er sprach leise, sein Mund dicht an ihrem Ohr. „Jede Nacht musste ich mich beherrschen, um nicht bei dir anzuklopfen, aber ich wollte, dass du dich frei entscheidest. Ich wollte dir auf diesem Schiff, auf dem dir keine Fluchtmöglichkeit blieb, nichts aufzwingen." Nach einer kurzen Pause sprach er weiter: „Außerdem hatte ich Angst, mit einem Messer zwischen den Rippen aufzuwachen."

„Woher weißt du ...?", fragte Diane erstaunt.

„Als du mein Bett belagert hast, habe ich mir erlaubt, deines zu benutzen, und da habe ich das Messer unter deiner Matratze gefunden."

„Also, ich glaube, die letzten paar Wochen hätte ich es nicht mehr benützt."

„Du ahnst nicht, wie sehr mich das in der gegenwärtigen Situation beruhigt", antwortete John lachend.

Der Mond war längst untergegangen und nur die weiterwandernden Sterne bezeugten das Verrinnen der Zeit. Der Wind hatte aufgefrischt. Es war kühl geworden und Diane fröstelte in ihrem dünnen Kleid. John zog sie zu sich heran: „Dir ist kalt. Komm, wir gehen zum Schiff zurück."

Diesmal nahmen sie einen anderen Weg, einen schmalen Pfad, der steil und in Windungen direkt den Hang hinunter zum Strand führte. Sie fühlten sich beide heiter und erleichtert, als ob eine große Last von ihren Seelen gewichen wäre. John hielt Dianes Hand und fing sie auf, wenn sie auf dem unwegsamen Gelände in ihren leichten Schuhen ausrutschte.

Als der Weg weiter unten breiter und bequemer wurde, umfasste er ihre Schultern und erzählte ihr von ihrem Ziel, der Insel St. Vincent, die sie in zwei Wochen erreichen würden. Dort hatte er ein Haus, in dem er nach jeder Expedition mehrere Monate blieb, während das Schiff instandgesetzt wurde. Es waren Monate der Ruhe, die er als Ausgleich zur ständigen Anspannung auf See brauchte. Dort arbeitete er die Pläne für die nächsten Streifzüge aus, die er mit seiner Mannschaft unternehmen wollte, wenn es ihn nach der Zeit des Nichtstuns wieder aufs Meer hinaustrieb.

„Du kennst dann beides", sagte er, „und kannst selbst entscheiden, ob du mit uns kommen oder bleiben willst."

Bleiben oder Mitkommen, beides war möglich, beides würde richtig sein. Alles war plötzlich so einfach. Sie würde entscheiden, wenn es so weit war.

Inzwischen hatten sie den Strand überquert und den Hafen erreicht. Trotz der nächtlichen Stunde herrschte hier ein Treiben, als wäre es helllichter Tag. Mehr oder weniger betrunkene Matrosen suchten nach einer Überfahrt zu ihren Schiffen. Nach der Stille auf dem Hügel holte der Lärm sie wieder in die Realität zurück.

John hatte bald ein freies Boot entdeckt und wenige Minuten später legten sie am Schiff an. John stieg vor ihr die Leiter hinauf. Als Diane das Deck erreichte, half er ihr über die Reling, verbeugte sich vor ihr und sagte mit offizieller Stimme: „Willkommen auf der Ursa Major, Mylady. Ich glaube, das habe ich vergessen zu wünschen, als du das erste Mal Fuß auf diese Planken gesetzt hast."

Daraufhin umarmte er sie stürmisch und küsste sie auf den Mund.

Gemeinsam stiegen sie den Niedergang zu ihren Quartieren hinunter. Vor den beiden Türen blieben sie stehen. John nahm ihre Hand. „Willst du heute Nacht bei mir bleiben?", fragte er.

Um nichts in der Welt hätte Diane sich vorstellen können, allein auf ihrer Matratze zu schlafen, und sie sagte schnell: „Ja, ich will."

John öffnete die Tür. Die Kabine wurde schwach erhellt durch die großen Fenster im Heck. Eine leichte Scheu überkam sie wieder so wie jedes Mal, wenn sie diesen Raum betrat.

Er ging zum Schreibtisch und zündete eine Kerze an. Dann kehrte er zur Tür zurück und schob den Riegel vor. Diane blieb indessen unbeweglich mitten im Raum stehen. Eine unglaubliche Erregung hatte sie gepackt und ihr Herz schlug wild.

Nun stand er vor ihr. Er sah sie ernst an. Sein Gesicht lag im Schatten, aber sie spürte das Feuer in seinen Augen. Dann legte er seine Hände auf ihre Schultern. Die Wärme, die von ihnen ausging, durchströmte ihren Körper. Mit einer einfachen Bewegung streifte er das Kleid von ihren Schultern.

Noch immer blickte er ihr unverwandt in die Augen, dann zog er sie an sich und umfasste ihren nackten Oberkörper mit seinen Armen. Ein lautes Stöhnen entfuhr ihr. Sie presste ihren Körper an seinen. Jeder Zoll ihrer Haut sehnte sich nach seiner Berührung. Er küsste ihre nackte Haut und sie spürte seine Hände an ihrem Körper hinabgleiten. Dann kniete er vor ihr, löste das Band, das als Gürtel diente, und ihr Kleid rutschte leicht und locker von ihren Hüften. Er umfasste ihre Taille und drückte ihren Leib fest an sich.

Vor ihren Augen tanzten farbige Punkte und Kreise. Ihr schwanden fast die Sinne, eine nie gekannte Lust stieg in ihr auf. Sie ließ sich zu Boden sinken und kniete ihm jetzt gegenüber. Sie öffnete sein Hemd und streifte es über seinen Kopf. Sie ließ ihre Hände über seine Schultern gleiten, spürte die Rundungen, den weichen Pelz seiner Brust, seine Rückenmuskeln, und erkundete diesen Körper, den sie so oft gesehen hatte, aber nie hatte berühren dürfen. Mit ihren Fingernägeln strich sie zart seine Wirbelsäule hinab. John umarmte sie so stürmisch, dass es ihr fast den Atem raubte. Plötzlich hob er sie hoch. Ihr Gesicht lag an seinem Hals und mit beiden Armen umfing sie seinen Nacken. Vorsichtig legte er sie auf sein Bett und holte die Kerze näher.

„Ich will dich sehen", sagte er leise.

Er setzte sich an den Bettrand und streichelte zart über ihre Brüste, ihren Bauch ihre Oberschenkel, dann beugte er sich über sie und fuhr mit seinen Lippen über alle Stellen, die er zuvor gestreichelt hatte. Diane zitterte, sie bäumte sich auf in ihren Unterleib strömte wilde Lust.

Nun öffnete er seinen Gürtel und zog sich vollends aus. Er stand nun vor ihr und sah sie an. Diane streckte ihre Arme aus und flüsterte: „Komm." Er legte sich auf sie. Sie spürte seine warme Haut auf ihrem ganzen Körper und stemmte ihm ihr Becken entgegen. Sie öffnete ihre Beine, und als er in sie eindrang, stöhnte sie vor Lust. Es war wie die Erfüllung einer jahrhundertealten Sehnsucht. Mit seinen Armen umfing er ihren

Unterkörper, hob ihn an und presste ihn fest an sich. Sein Gesicht verschwand in ihren Haaren und dicht an ihrem Ohr flüsterte er ihren Namen. Sie streichelte über seinen Rücken die weiche Rundung seiner Backen, und fuhr wieder mit ihren Händen seinen Rücken hoch. Seine Bewegungen wurden schneller. Er stieß heftiger und heftiger zu. Beide Leiber bäumten sich auf. Sie spürte ihn so tief in sich, wie es nur ging. Eine Welle jagte durch ihren Körper und riss sie fort. Einige Sekunden lang verblieben sie in äußerster Anspannung, dann erschlafften beide und sie fühlte sein Gewicht süß und schwer auf sich lasten.

Zärtlich streichelte sie sein Haar, seinen Rücken, umfing ihn und drückte ihn zart. In John kehrte wieder Leben. Er glitt von ihr herunter und küsste liebevoll ihren Mund. Diane setzte sich auf und beugte sich über ihn, sie strich ihm das feuchte Haar aus der Stirn und lachte ihn an. Sie fühlte sich leicht und unbeschwert, endgültig befreit vom bösen Traum ihrer Vergangenheit.

„Ich will dich nie mehr loslassen", sagte John. Sie kuschelte sich dicht an ihn, er zog die Decke über sie beide und schloss seine Arme um ihre Brust. In ihrem Rücken spürte sie seine Wärme und ein wohliges Gefühl der Geborgenheit überkam sie. An seinen tiefen und regelmäßigen Atemzügen dicht an ihrem Ohr merkte sie, dass er eingeschlafen war.

Es war still an Deck, keine Schritte, keine Stimmen, auch die Schiffsglocke schwieg, seitdem die Ursa in der Bucht ankerte. Nur das leise Knarren der Planken in der schwachen Dünung war zu hören. Mit weit geöffneten Augen blickte Diane in die Dunkelheit und genoss die Ruhe. Es war früher Morgen, die Sonne so weit unter dem Horizont, dass ihr Licht noch nicht die Nacht vertrieb. Die Finsternis jedoch hatte ihren Schrecken verloren. Neben sich spürte sie Johns Nähe und ein Glücksgefühl durchflutete ihren Körper und ihre Seele.

Es war erst gut zwei Monate her, da war sie ähnlich wie heute am frühen Morgen nach einer schlaflosen Nacht wach in ihrem Bett gelegen. Damals hatte sie eine hoffnungslose Zukunft vor Augen und war hilflos einem Schicksal ausgeliefert, das ihr keinerlei Freiraum und Selbstbestimmung einräumte.

Dann war ein Sturm über ihr Leben gefegt, hatte sie mitgerissen und auf dieses Schiff geworfen, in eine neue Wirklichkeit, die sie sich vorher nie hätte vorstellen können. Und jetzt nach wenigen Wochen gab es für sie keinen Ort auf der Welt, an dem sie lieber sein wollte.

Neben ihr streckte John im Halbschlaf seinen Arm nach ihr aus und zog sie näher an sich heran. In der Sicherheit seiner Gegenwart blickte sie nach draußen in die Ferne. Durch das Heckfenster drang allmählich neben der schwarzen Silhouette der bewaldeten Hänge das fahle Licht der beginnenden Dämmerung. Mit zunehmender Helligkeit wanderten blasse Vierecke von Licht langsam durch die Kabine, streiften die dunkle Täfelung, den Schreibtisch, die Regale, in denen Bücher und Karten sicher lagerten. Träge schwoite das Schiff um seinen Anker, bis durch das Fenster das graue Leuchten von Meer und Himmel drang.

Morgen um diese Zeit würde der Inselwind die Segel blähen und die Ursa Major ins offene Meer schieben, hin zu neuen Ufern.

Der Vogel hatte seinen Käfig verlassen und erhob sich in die Lüfte. Frei und leicht flog er über das Meer. Unendlich erstreckte sich das Blau bis jenseits des Horizonts. Im Osten, da, wo die Sonne aufgegangen war, glitzerte die Wasseroberfläche blendend hell wie tausende von Sternen. Weit unter sich sah der Vogel ein Segelschiff, das zielstrebig eine Insel ansteuerte, die in der Ferne aus dem Dunst emporwuchs. Aus der Höhe waren keine Masten und Segel zu erkennen, nur der schlanke, dunkle Rumpf zeichnete sich auf dem Blau des Wassers ab und zog eine feine weiße Spur von Gischt hinter sich her. Als sich der Vogel der Insel näherte, bekam diese Konturen, viel Grün war zu sehen, eine Stadt, helle Strände und grüne Buchten. Im Nordwesten erhob sich der Kegel eines Vulkans. Und da unten, in der Nähe des Ufers, leuchtete rot das Ziegeldach eines kleinen Gebäudes, vielleicht ein neues Zuhause ohne Gitterstäbe.

Die Autorin

Die 1946 in Linz geborene Autorin zog während ihrer Kindheit nach Genf und hatte über ihre Schulzeit hinweg die Chance, gute Französischkenntnisse zu erlangen. Mit 20 Jahren schloss sie ihr Abitur in Frankfurt am Main ab und begann dann dort ihr Studium der Erziehungswissenschaften. Nach Abschluss ihrer Ausbildung war sie 37 Jahre lang als Grund- und Hauptschullehrerin tätig. Seit dem Jahr 2012 arbeitet sie als Klassenwart eines Theaters und ist aktuell zum dritten Mal verheiratet.

Die Autorin, die nun unter dem Pseudonym Marie de la Bruyére ihr erstes Werk veröffentlicht, hegt schon lange eine Liebe zum Schreiben und den bildenden Künsten. In ihrer Freizeit segelt und reitet sie gerne, und diese Hobbys prägen auch ihre schriftstellerische Tätigkeit.

Der Verlag

„ *Wer aufhört besser zu werden, hat aufgehört gut zu sein!*

Basierend auf diesem Motto ist es dem novum Verlag ein Anliegen, neue Manuskripte aufzuspüren, zu veröffentlichen und deren Autoren langfristig zu fördern. Mittlerweile gilt der 1997 gegründete und mehrfach prämierte Verlag als Spezialist für Neuautoren in Deutschland, Österreich und der Schweiz.

Für jedes neue Manuskript wird innerhalb weniger Wochen eine kostenfreie, unverbindliche Lektorats-Prüfung erstellt.

Weitere Informationen zum Verlag und seinen Büchern finden Sie im Internet unter:

www.novumverlag.com